Anni E. Lindner

Wie wir die Welt retten wollten und dabei aus Versehen das Bernsteinzimmer fanden

Francke

Über die Autorin:
Anni E. Lindner ist Heilsarmeeoffizierin und lebt in dieser Funktion mit ihrem Mann und den sechs Kindern ein fröhliches Nomadenleben. Derzeit leitet das Ehepaar das Kinder- und Familienzentrum »Heilse« in Chemnitz.
Die Einnahmen aus dem Buchverkauf unterstützen unter anderem das missionarische Kinderprogramm »McTurtle« Chemnitz.

FSC www.fsc.org
MIX
Papier aus verantwortungsvollen Quellen
FSC® C083411

Bibliografische Information der Deutschen Nationalbibliothek
Die Deutsche Nationalbibliothek verzeichnet diese Publikation in der Deutschen Nationalbibliografie; detaillierte bibliografische Daten sind im Internet über http://dnb.dnb.de abrufbar.

ISBN 978-3-96362-301-1

35037 Marburg an der Lahn
Cover- und Innenillustrationen: Angela Glökler
Umschlaggestaltung: Francke-Buch GmbH
Satz: Francke-Buch GmbH
Druck und Bindung: CPI books GmbH, Leck

www.francke-buch.de

Inhalt

Wer wir sind

Emmi (das bin ich): Emilia Himmelweit. 12 Jahre alt, Hobbys: träumen und lesen. Lange blonde Haare wie eine Prinzessin ... (Spaß. In Wirklichkeit sind sie zwar lang, aber immer verfilzt. Ich habe eine Bürste und ich benutze sie auch. Aber nur im Notfall.) Sommersprossen und leicht wie ein Windhauch.

Sofi: Sofi Himmelweit. Die Älteste in der Geschwisterschar (16) und deshalb sehr gefragt, wenn es um Tipps fürs Leben geht. Sie ist sehr hübsch und hat schon einen Freund namens Paul.

Sam: Samuel Himmelweit. Nur 17 Monate jünger als Sofi, aber altklüger als sie. Er weiß alles über Fußball und Flugzeuge, und er weiß alles besser als wir.

Jo: Johann Himmelweit. Er kennt sich mit Problemen aus, denn er hat selbst immer welche. Aber er ist auch sehr aufmerksam und kämpft für Gerechtigkeit. Er ist zehn und der Stärkste von uns.

Hummel: Elias Himmelweit. Siebenjähriger Tierfreund, der sich um jedes Lebewesen kümmert, das ihm über den Weg läuft. Bester großer Bruder für Lany und süßer (trotzdem nerviger) kleiner Bruder für mich.

Bella: Unsere Hündin, eine Golden-Retriever-Dame. Sie ist erst zwei Jahre alt und befindet sich immer dort, wo Hummel ist.

Lany: Elana Himmelweit. Wird auch »Lany Turnschuh« genannt, weil sie im Turnverein ist und fast jeden Tag trainiert, obwohl sie erst fünf ist.

Mama: Ist von Beruf Psychotherapeutin und arbeitet halbtags in einer Praxis in der Nachbarstadt. Den Rest des Tages ist sie zu Hause für uns da, wenn sie nicht gerade Ställe ausmistet, Wäsche wäscht, Böden schrubbt, Essen kocht oder Klamotten näht.

Papa: Bester Papa der Welt. Er ist sportlich und kann Computerspiele programmieren, weil er Medieninformatiker ist. Außerdem kennt er sich mit allem aus, was Mama nicht weiß.

Bevor es losgeht

Hi, ich bin Emmi.

Vermutlich kennst du mich, denn der Name Emilia Himmelweit tauchte in letzter Zeit erschreckend oft in den Zeitungen auf. Und in den Gesprächen der Leute im Dorf. Auch im Internet.

Aber das alles ist eine große Verwechslung, denn eigentlich war es Hummel, der den Schatz als Erster entdeckt hat. Und überhaupt wird die Geschichte ganz falsch erzählt. Das kommt daher, dass sie einfach so plötzlich und vollkommen ungeplant passiert ist.

Willst du sie wirklich hören?

Ich meine, du könntest deine Zeit auch sinnvoller nutzen.

Du könntest in die Bibliothek gehen und dir ein wirklich wichtiges Buch ausleihen. Eins über Umweltschutz zum Beispiel. Oder über Politik und Geschichte. Das wollten wir eigentlich auch machen. Aber dann sagte Jo, dass Lesen langweilig sei und wir einfach anfangen sollten, was zu tun.

Ich liebe Lesen ja, aber wir dachten, er hätte recht. Es konnte ja keiner ahnen, dass SO WAS passieren würde. Nur weil wir ein bisschen am Winterteich aufräumen wollten. Na ja, und die Welt retten. Das hatten wir schon auch vor.

Aber ich bringe dich durcheinander. Du wolltest die wahre Geschichte hören, von Anfang an, oder? Gut, dann erzähle ich sie dir. Aber ich erzähle sie nur ein einziges Mal und du darfst die ganzen peinlichen Details keinem verraten, okay? Vor allem nicht Luca aus der 7b, denn der darf niemals erfahren, welche Rolle Emilia Himmelweit aus der 6a in der ganzen Odyssee um das Bernsteinzimmer wirklich gespielt hat. Sonst wird es mir niemals gelingen, ihn zu bekommen. Zum richtigen, festen Freund, natürlich. Aber pst, das ist erst mal egal.

Ich erzähle jetzt.

Puh, wie fing es eigentlich an?

Fridays for Future

Du kennst doch bestimmt Greta Thunberg.

Das ist eine Umweltaktivistin aus Schweden. Sie sagt laut, was wir alle denken sollten. Nämlich, dass es großer Mist ist, wie wir Menschen unsere Welt behandeln.

Ehrlich gesagt hatte ich bis zu diesem Sommer nicht allzu viel darüber nachgedacht. Für mich ist es irgendwie normal, dass alle Leute Auto fahren. Ich träume davon, mal eine Flugreise zu machen. Am besten in die Karibik. Ich war natürlich noch nie da, aber Palmen, Strand und Meer? Klingt doch traumhaft! Na ja, es gibt eine Sache, die mich daran stört. Das sind die Spinnen. Spinnen sind in unseren Breitengraden schon eklig und in der Karibik gibt es angeblich riesengroße ... Das stelle ich mir lieber gar nicht erst vor. Aber egal, also: Greta Thunberg macht die Leute darauf aufmerksam, dass sie zu viel Müll produzieren und mit dem vielen CO2-Ausstoß das Klima verändern. Soweit ich das kapiert habe, wird es zu warm. Und warm ist ja schön – also, Karibik und so, du weißt schon – aber ZU warm ist irgendwie falsch. Jedenfalls hörte meine große Schwester Sofi von diesem Problem.

Sofi ist sechzehn und geht auf die Realschule in unserem Nachbardorf. Normalerweise erzählt sie nichts aus der Schule. Sie ist eher nicht so der Lernfan im Gegensatz zu meinem Streberbruder Sam. Sofi ist mehr der kreative Typ. Ich beneide sie darum, wie gut sie zeichnen kann. Vielleicht wird sie später mal Illustratorin. Das sind die Leute, die Bilder für Bücher machen oder Comics zeichnen. Außerdem ist Sofi schon fast erwachsen und das ist cool. Für mich vor allem deshalb, weil niemand aus meiner Klasse eine Schwester hat, die schon fast erwachsen ist. Und weil sie mir Tipps geben kann, wie man mit Jungs umgeht. Sofi hat nämlich schon einen Freund und das seit fast einem ganzen Jahr. Er ist ein bisschen so wie noch ein großer Bruder für mich. Obwohl ich ja schon von Natur aus genügend Geschwister habe. Aber in diesem Sommer, als die ganze Geschichte mit dem Bernsteinzimmer und so passiert ist, da war Paul – so heißt Sofis Freund – nicht da. Er war für drei Monate in den USA als Austauschschüler. Er war also nicht da und deswegen hatte Sofi Liebeskummer oder Heimweh nach ihm oder so was. Kurz gesagt: Dauerschlechtelaune. Und noch dazu musste sie trotzdem täglich in die Schule gehen.

An einem dieser Tage saßen wir abends alle zusammen am Küchentisch, die ganze Familie, alle acht Leute. Wir aßen Brot und Jo meckerte, weil er lieber Nudeln mit Ketchup essen wollte.

»Nudeln mit Ketchup sind sowieso Mist«, brummte Sofi genervt.

Jo warf ihr seinen überheblichsten Jo-Blick zu und fragte provokant: »Warum?«

»Mm«, brummte Sofi nur, die offenbar keine Lust hatte zu antworten.

»Weil das alles in Plastik steckt«, schlaumeierte Sam und spießte mit der Gabel eine Essiggurke an.

»Die Wurst doch auch«, gab Jo triumphierend zurück.

»Auch schlecht«, muffelte Sofi.

Ich versuchte, nicht hinzuhören. Wenn meine Geschwister anfangen, über solche Sachen zu streiten, höre ich immer weg. Das fällt mir zum Glück nicht schwer, weil ich in meiner Fantasie immer einen Ort finde, an den ich bei solchen Gelegenheiten flüchten kann. Ich hatte gerade »Hallo« zu Fantasie-Luca gesagt, als Papa sich in das echte Gespräch einmischte.

»Ihr sollt essen, nicht diskutieren«, hörte ich ihn sagen.

Seine Stimme klang nach »Ihr solltet schon seit einer halben Stunde im Bett sein, also hört auf, das Abendbrot mit sinnlosen Streitereien in die Länge zu ziehen«, aber dann stellte er die entscheidende Frage. Er legte sein eigenes Brot aus der Hand und sah Sofi an. »Wie kommt es, dass du dir Gedanken über Plastik machst?«, fragte er sie.

Ich hätte erwartet, dass Sofi ihn mit einer Handbewegung dazu bringen würde, nicht weiter mit ihr zu reden. Aber zur Überraschung aller blitzten ihre Augen plötzlich auf. »Na, es ist ja wohl nichts Neues, dass diese ganze Plastikverschwendung uns irgendwann auf die Füße fallen wird«, begann sie einen leidenschaftlichen Appell, den niemand ihr zugetraut hätte. »Die Meere sind jetzt schon voll davon und die Tiere sterben. Irgendwann gibt's keine Traumstrände mehr und wir baden nur noch in Abfall. Übrigens« – sie schaute jetzt Papa direkt ins Gesicht –, »am Freitag gehe ich nicht zur Schule.«

Papa guckte überrascht. Ob es an ihrer ungewohnten Redefreudigkeit lag oder an der Ankündigung, Schule zu schwänzen, weiß ich nicht genau. Bevor er nachfragen konnte, warum, kam Mama aus der Küche. Sie hatte die ganze Zeit dort darauf gewartet, dass das Teewasser endlich kochte. Natürlich hatte sie mitgehört.

»Willst du zur Klima-Demo gehen?«, wollte sie wissen.

Sofi steckte sich noch ein Stück Brot in den Mund und nickte. Jetzt wurde Sam neidisch.

»Echt? Aber bei uns gibt's die doch nicht. Dazu müsstest du nach Dresden fahren oder nach Berlin.«

Sofi zuckte mit den Schultern und mir war klar, was das hieß. Es hieß: Mache ich ja auch.

Und da wurde *ich* wirklich neidisch. Ich überlegte schon, wie ich es anstellen könnte, dass sie mich mitnahm. Aber Jo lenkte mich ab.

»Was ist das, eine Klimade… dings?«

»Klima-Demo!«, stöhnte Sam und schlug sich mit der Hand vor die Stirn. Das macht er immer, wenn er uns Kleineren zu verstehen geben will, dass wir einfach mal keine Ahnung vom Leben haben.

»Man schwänzt die Schule und steht mit Plakaten vor einem Regierungsgebäude oder auf der Straße. Damit sollen die Politiker dazu bewegt werden, etwas für den Klimaschutz zu tun.«

»Ach sooo, eine Demo!«, stellte Jo fest, was Sam dazu bewegte, sich gleich noch mal an die Stirn zu schlagen. Irgendwann holt er sich eine Platzwunde davon.

»Meinst du, das lohnt sich?« Mamas Stimme

klang kritisch, aber nicht ganz abgeneigt. Ich weiß, dass sie sich auch Sorgen um die Umwelt macht. Sie findet aber bei den Ideen, die wir Kinder haben, immer irgendwas, was wir noch nicht bedacht haben.

Sofi zuckte wieder mit den Schultern und das war alles, was sie an diesem Abend noch zu dem Thema beitrug.

Am Freitag fuhr sie nach Dresden. Von unserem Dorf aus ist das schon eine halbe Weltreise. Sie und ihre Freunde trafen sich an der Schule, weil sie mit dem Schulbus problemlos dort hingelangen konnten. Dann schwänzten sie die ersten beiden Schulstunden, indem sie zum Bahnhof der nächsten Kleinstadt trampten. Mama dachte, sie würden mit dem Bus fahren. Ich musste Sofi versprechen, nichts zu verraten. Den ganzen Morgen saß ich im Unterricht und bemitleidete mich selbst. Meine große Schwester machte einen gewagten, rebellischen Ausflug, um unsere Zukunft zu retten, und ich? Ich saß in der Schule fest und musste das langweilige Gerede von Frau Hammerschmidt über mich ergehen lassen. Der einzige Lichtblick war Luca, der mir zum Glück in der großen Pause über den Weg lief.

Luca ist dreizehn. Ich bin in ihn verknallt, seit ich ihn am dritten Schultag am Anfang der sechsten Klasse zum ersten Mal gesehen habe. Er stand bei den Fahrrädern am Eingang und lächelte mich an. Da war es um mich geschehen. Das ist allerdings eins der geheimen Details, die du keinem erzählen sollst. Nur Sofi und Mama wissen Bescheid, und das soll auch so bleiben. Jedenfalls rettete Lucas Anblick mich an diesem düsteren Freitag, als Sofi in Dresden war.

Am Abend saß ich mit Sofi auf der Wiese hinter unserem Schafstall und sie berichtete mir haarklein von allem, was sie erlebt hatte. Sie und ihre Freunde hatten sich vor einem wichtigen Gebäude auf die Straße gesetzt und ihre Schilder vor sich hingelegt. Dort saßen sie dann zwei Stunden lang in der Sonne und spürten sehr genau, wie das Klima sich erwärmte. Es waren noch eine ganze Menge anderer Schüler da und Sofi meinte, die Demo, dieses sichtbare Statement, hätte sich sehr richtig angefühlt. Aber dann meinte sie auch noch, dass sie nicht glaubt, es würde viel bringen. Man müsste selbst was tun können, aber was?

Solche Fragen darf man mir nicht stellen. Sie lassen mich nämlich nicht los. Ich grübelte die ganze Nacht darüber nach, was wir machen könnten, um die Welt zu retten.

Die ~~Bettition~~ Petition

Der nächste Tag war selbstverständlich ein Samstag. Das Wochenende vor der letzten vollständigen Schulwoche, die uns noch von den Sommerferien trennte. Ich wachte auf, weil Hummel und Jo sich durch den Flur vor meinem Zimmer jagten und einfach mal null Rücksicht auf langschlafbedürftige Geschwister nahmen. Das war so typisch. Schon bevor ich die Augen öffnen konnte, hatte ich schlechte Laune. Aber weil ich sowieso nicht wieder einschlafen konnte, stand ich eben auf. Ich zog die blau-weiß karierte Gardine vor meinem Fenster einen Spaltbreit auf, durch den die Sommersonne auf die Bodendielen fiel. Ich suchte meine Hausschuhe, und weil ich nur einen fand, ging ich barfuß ins Badezimmer. Dort erwartete mich der nächste Schlechte-Laune-Verursacher: mein Bruder Sam. Er saß auf dem Klo. Natürlich hatte er mal wieder die Tür nicht zugeschlossen und grinste mich nur dumm an.

»Warte lieber, ich kacke gerade.«

Na, super. Missmutig hockte ich mich auf die oberste Treppenstufe. Ich hätte auch in das Bad im Erdgeschoss gehen können, aber mir war gerade wieder eingefallen, was ich mir in dieser Nacht überlegt hatte – eine Petition.

Meine Lehrerin für Gesellschaftswissenschaften hatte neulich erklärt, dass man sich auch als kleiner, unbedeutender Bürger in die ganz große Politik einmischen könne. Man musste nur etwas starten, was den für mich toll klingenden Namen »Petition« trug. Gut, ich hatte mir nicht gemerkt, wie dieses Wort geschrieben wird, aber das war jetzt erst mal nicht wichtig. In meinem Gedächtnis war hängen geblieben, dass man einfach eine Sache aufschreiben muss, die man erreichen will. Dann braucht man ungefähr tausend Leute (oder waren es hunderttausend?), die das Ganze unterschreiben. Wenn man das geschafft hat, muss man den Brief nur noch an den Bundeskanzler oder so schicken und: BÄM! Welt verbessert!

Ich war mir sicher, dass wir das schaffen konnten.

Sam drückte genau in dem Moment die Klospülung, in dem mir der Titel für meine Petition einfiel: »Sauber!«

Am Frühstückstisch saßen nur Sofi und Sam. Papa war auf Arbeit und Mama mit Lany im Stall. Jo und Hummel rannten mit Bella, unserer Hündin, auf dem Hof herum. Weil die Tür offen stand, konnte ich hören, wie sie sich gegenseitig anbrüllten. Aus Spaß, glaube ich, aber das schlägt bei den beiden schnell mal um.

Ich hockte mich also zu Sofi an den Tisch. Sam versuchte ich zu ignorieren, aber dann musste ich ihn bitten, mir den Milchkrug zu reichen.

»Zähne geputzt?«, fragte er grinsend, nur um mich zu provozieren.

Ich streckte ihm die Zunge heraus und kippte zu viel Milch auf mein Müsli. Sofi warf uns beiden einen warnenden Blick zu, sagte aber nichts. Nach zwei Löffeln hielt ich es nicht mehr aus. Ich musste Sofi für meinen Plan gewinnen.

»Ich starte heute eine Petition«, legte ich sofort die Karten auf den Tisch.

Sam hielt im Essen inne, sodass ihm die Milch vom Löffel auf das T-Shirt tropfte.

»Eine Petition? Du?«, fragte er spöttisch. Dann merkte er an meinem bösen Blick, dass es mir ernst war. Das mag ich an ihm. Wenn er nicht gerade spinnt, kann er wirklich nett und unterstützend sein. Er legte also seinen Löffel beiseite und sah mich interessiert an.

»Was willst du denn erreichen?«

»Na ja, Sofi hat mir gestern gesagt, dass sie die Freitagsproteste gegen den Klimawandel nicht ausreichend findet«, antwortete ich und sah Sofi Hilfe suchend an. Ich fühlte mich ein bisschen schüchtern, weil ich doch so große Pläne und so wenig Ahnung hatte.

»Deshalb habe ich mir überlegt, dass ich Unterschriften sammle und so.«

Sam wiegte bedächtig den Kopf. Dann strich er sich die Haarsträhne aus dem Gesicht, die immer dort hängt (ich glaube, weil es cool aussehen soll), und schlürfte geräuschvoll den Rest Milch aus seiner Schale.

»Was sollen die Leute denn unterschreiben?«, hakte er nach.

Das war mein wunder Punkt. Ich wusste es

noch nicht so genau. Ich hatte mir ja gerade erst die Überschrift überlegt. So schnell geht das nicht mit einer Petition!

»Wen willst du denn mit deiner Petition erreichen?«, wollte Sofi jetzt auch noch wissen.

Ich kratzte mich an der Nase. Meine Antwort klang selbst in meinen Ohren unausgereift: »Die Politiker?«

Sam zuckte mit den Schultern und sprang auf. »Ich muss los, Leute. Hab heute ein Spiel. Aber klingt spannend, Emmi, mach mal. Ich lese es mir dann heute Nachmittag durch, okay?«

»Unterschreibst du auch?«, rief ich ihm hoffnungsvoll nach, während er schon ins Treppenhaus lief und sich den Beutel mit seinen Fußballsachen schnappte.

»Klar!«, gab er zurück. Dann war er draußen und ich saß ganz allein mit Sofi am Küchentisch.

»Du könntest mir doch helfen, Sofi, oder?«, bat ich sie. Mir war klar, dass ich ein bisschen Hilfe brauchte. Leider nicht klar genug, wie du noch merken wirst …

Sofi hatte leider auch keine Zeit. Sie war mit ihrer Freundin verabredet und musste vorher noch irgendwas schrecklich Wichtiges erledigen. Selfies machen, um sie an Paul zu schicken, wahrscheinlich. Sie verschwand die Treppe hinauf und da hockte ich nun. Ich und meine Idee. Ich futterte mein Müsli, spülte das Schälchen ab und ging auf den Hof. Eigentlich wollte ich Mama suchen, aber dann kam Jo direkt auf mich zugerannt.

»Spielst du mit mir, Emmi?«, bettelte er. »Hummel ist mit Bella in den Wald gegangen und jetzt ist mir langweilig.«

Ich hatte absolut keine Lust, mit Jo zu spielen. Er will immer entweder irgendwo Löcher graben oder Spiele mit Dinos oder irgendwelchen Krawumm-Helden machen. Aber weil er auch schon zehn ist und sich manchmal für außergewöhnliche Sachen begeistern lässt, dachte ich mir, ich frage ihn, ob er mir hilft.

»Voll gute Idee!«, lobte er mich, als ich ihm mein Vorhaben erklärt hatte.

»Ich hole mein Schreibzeug.« Und husch, flitzte er in sein Zimmer.

Ich wischte rasch mit der Innenseite meines T-Shirts den Tisch sauber, der im Hof steht. Mama meckert immer, wenn wir Papiere auf nicht abgewischte Tische legen. Dann setzte ich mich hin und überlegte.

Ungefähr eine halbe Stunde später war die erste Fassung unserer Petition fertig. Jo machte eifrig mit einem Lineal ganz viele Striche auf ein weißes Blatt (mein linierter Collegeblock war leer und wir wollten ja gleich anfangen, Unterschriften zu sammeln). Währenddessen korrigierte ich die Beschreibung, worum es ging. Ich bin selber nicht besonders gut in Rechtschreibung, aber ich hatte Jo den Text diktiert und Jo ist noch schlechter als ich in Rechtschreibung. Dafür ist er super gut in Mathe.

Auf unserem Blatt stand:

Bettition: sauber!

Für eine besere Welt.
Unterschreiben sie dise Bettition und wir reten die Welt vor Plastig.
WIR WOLLEN DAS DIE NUDELN UND KEDSCHUB UND ALES NICHT MER IN PLASTIG STECKT!
Ihre Unterschrieft hilft.

Ich fand, das war ein guter Anfang. Bis heute Mittag konnten wir vielleicht schon so tausend Unterschriften sammeln und dann müsste Sam nur noch einen Extrabrief für den Kanzler dazu schreiben. Er hatte früher schon mal an die Regierung geschrieben, weil er gegen den Waffenhandel ist. Also hatte er Erfahrung.

Ich überlegte kurz und schrieb den Text noch einmal ordentlich ab. Dann machte ich einen schönen Rahmen um die Schrift und malte noch eine durchgestrichene Plastiktüte drauf. Jo zeichnete inzwischen immer noch Linien. Er hatte schon fünf Blätter fertig.

Mama kam kurz zu uns, aber als ich ihr gerade erklären wollte, was wir machten, schlug Lany sich beim Rennen über den Hof das Knie auf. Mama tröstete sie und holte ein Pflaster. Wir vergaßen völlig, dass sie noch nicht informiert war, weil da Hummel mit Bella aus dem Wald zurückkam. Er wollte natürlich auch wissen, was wir machten. Und weil er die Welt auch verbessern will und vor allem, weil er Tiere liebt und kein Tier sterben soll, weil es Plastik frisst, darum wollte er auch mitmachen.

»Wenn Jo und ich unten im Dorf anfangen und Lany und du oben, dann schaffen wir bis mittags tausend Unterschriften«, meinte er zuversichtlich.

»Aber wir haben nur einen Zettel«, gab ich zu bedenken.

Jo winkte ab. »Ist doch egal, wenn ein paar Fehler drin sind«, behauptete er und schnappte sich das Blatt, das er beschrieben hatte. »Ich nehme meinen Text und du deinen.«

Ich war immer noch unsicher.

»Jo und du, ihr streitet euch bestimmt unterwegs.« Hummel stemmte die Arme in die Seiten und funkelte mich an.

»Nicht wenn es um so was Wichtiges geht!«

Er beugte sich zu Bella hinunter und streichelte der Golden-Retriever-Dame liebevoll den Kopf. »Stimmt's Bella, wir wollen ja nicht, dass du einen Plastikbeutel frisst. Da müssen wir uns zusammenreißen und was tun!«

Bella leckte ihm zur Zustimmung über die Hand und damit war die Sache beschlossen.

Mama kam mit Lany wieder aus dem Haus.

»Ich muss noch kurz zum Supermarkt fahren«, kündigte sie an. »Will einer von euch mitkommen?«

Alle drei schüttelten wir die Köpfe.

»Gut, dann nehme ich nur Lany mit. Papa müsste auch jeden Augenblick nach Hause kommen, er wollte heute nur bis zehn arbeiten. Und Sofi ist ja noch da, um auf euch aufzupassen ...«

»Ich will auch hierbleiben!«, forderte Lany. Sie schob die Unterlippe vor, wie sie es immer macht, wenn sie etwas unbedingt will.

Mama seufzte. »Kann ich mich darauf verlassen, dass ihr keinen Unsinn macht?«, fragte sie zweifelnd.

Diesmal nickten wir alle vier.

»Kein Unsinn! Versprochen!«, versicherte Hummel ihr eifrig.

Mama schaute auf ihre Uhr. »Na gut, dann riskieren wir es«, willigte sie zögernd ein. Sie steckte den Kopf in den Hausflur und rief: »Sofi! Ich muss los! Du passt auf die Kleinen auf!«

Aus Sofis Zimmerfenster drang ein Klagelaut, aber Mama fasste ihn als Zustimmung auf. Sie stieg ins Auto und rollte vom Hof.

Katastrophe Nummer eins

Sobald der Wagen um die erste Kurve der Dorfstraße gebogen war, machte Hummel einen Luftsprung. »Wir können anfangen!«, rief er begeistert.

Jo war schon in den Schuppen gelaufen, um sein Fahrrad zu holen. Ich dagegen kaute unschlüssig auf meiner Unterlippe. Sollten wir tatsächlich Hummels Plan verwirklichen? Ich kannte meine Brüder. Spätestens auf halber Strecke würden sie anfangen zu streiten und dann konnte alles Mögliche passieren. Andererseits wären wir wirklich schneller mit dem Unterschriftensammeln fertig, wenn wir uns aufteilten. Blieben noch zwei Fragen offen: Wie überzeugten wir Sofi, dass sie uns gehen ließ – und wie stellte ich es am besten an, Lany mitzunehmen? Sie war zwar sportlich, aber lange Strecken lief sie definitiv nicht gern und ihr

Fahrrad hatte leider einen platten Reifen. Bis ins Oberdorf, wo ich mit der Aktion beginnen wollte, waren es aber mindestens drei Kilometer.

»Tschüss, Emmi!«, hörte ich Hummel gerade noch rufen, während ich ganz in Gedanken versunken an einer Haarsträhne knabberte. »Viel Glück!«

Jo und er brausten, eine Staubwolke hinter sich aufwirbelnd, vom Hof.

»Wartet …!«, versuchte ich, sie noch aufzuhalten, aber da waren sie schon außer Hörweite.

Toll, jetzt hatten wir nicht einmal die Details besprochen. Wer weiß, ob Hummel wirklich kapiert hatte, um was es geht. In meinem Kopf entstand sofort ein Horrorszenario, in dem die beiden Jungen den armen Leuten im Niederdorf völlig uninformierte Vorträge über Umweltverschmutzung und Klimawandel hielten, statt sie einfach um ihre Unterschrift zu bitten. Und dann auch noch Jos Rechtschreibung auf diesem Blatt! Na ja, egal. Lany zerrte schon an meiner Hose.

»Wann gehen wir endlich los, Emmi?«, wollte sie wissen.

»Ich muss erst noch Sofi …«

Sofi kam genau in diesem Moment aus dem Haus. Sie starrte auf ihr Handy, während sie die beiden Stufen vor der Haustür herunterging.

»Paul fotografiert sich mit irgendwelchen Mädchen!«, schimpfte sie und hielt mir das Display unter die Nase. »Was denkt er sich eigentlich?«

Ich war von der Situation überfordert. Lany hingegen grabschte nach dem Handy und zog es auf ihre Augenhöhe herab.

»Du bist viel schöner als die«, stellte sie fest und Sofi musste beinahe ein bisschen lächeln. Ich überlegte kurz und fügte dann hinzu: »Das sind bestimmt nur Leute aus seiner Schule. Mach dir keine Sorgen.«

»Pah«, machte Sofi und steckte das Telefon in ihre Hosentasche. »Ich hab jetzt keine Zeit, mir darüber den Kopf zu zerbrechen. Lea wartet auf mich.« Dann fiel ihr ein, dass Mama ihr die Aufsicht über uns aufgetragen hatte. Sie holte noch einmal ihr Handy aus der Tasche und sah nach der Zeit. »Hat Mama nicht gesagt, dass Papa nur bis zehn arbeiten wollte?«, maulte sie. »Wo bleibt er denn?«

Es war kurz vor elf und Papa brauchte normalerweise ungefähr fünfzehn Minuten vom Büro bis zu unserem Hof.

»Ihr bleibt hier und wartet auf ihn!«, befahl Sofi streng. Von meiner protestierenden Stirnfalte ließ sie sich leider nicht beeindrucken. »Wo sind eigentlich Hummel und Jo?«

»Mit dem Fahrrad unterwegs«, antwortete ich schnippisch.

Warum hatte ich mich nur nicht rechtzeitig aus dem Staub gemacht? Aber dann hätte Sofi mich am Ende bei Mama verpetzt und ich hätte Ärger bekommen. Typisch, dass die Jungs mal wieder mit ihrem Übereifer durchkamen, während ich dafür sorgen musste, dass der Haussegen nicht schief hing.

»Hätten ruhig mal Bescheid sagen können«, meckerte Sofi. Dann steckte sie sich Kopfhörer in die Ohren und klopfte mir auf die Schulter. »Pass auf, dass Lany keinen Mist macht, und grüß Papa von mir.« Damit trabte auch sie vom Hof.

Ich beneidete sie um ihren Hüftschwung und um ihre Freiheit. Zum Glück wusste ich nicht, was dieser Tag noch alles für mich bereithielt, sonst wäre ich vermutlich gleich wieder ins Bett gegangen.

Während ich genervt auf der alten Kuhtränke neben dem Stalltor saß und auf Papa wartete, versuchten Hummel und Jo sich im Unterschriftensammeln. Ich ahnte ja nicht, welche Lawine sie in Gang setzten! Aber eins nach dem anderen. Ich erzähle es dir einfach so, als wäre ich dabei gewesen. Du weißt ja, wie das ist. Man kennt seine Pappenheimer. Deshalb kann ich mir bildlich vorstellen, wie die ganze Sache ablief.

Die beiden Jungen waren bis zum ersten Haus unserer Ortschaft geradelt. Du solltest vielleicht wissen, dass unser Dorf sich, wie die meisten Erzgebirgsdörfer, über sieben Kilometer lang in einem Tal erstreckt. Die Häuser sind rechts und links eines Baches erbaut, der durch das Tal fließt. Der untere Teil der Ortschaft wird »Niederdorf« genannt, der obere »Oberdorf«. Wir wohnen auf dem Bauernhof, der ziemlich genau in der Mitte des Ortes liegt. Er heißt »Himmelhof«, weil er schon seit mehreren Generationen der Familie

Himmelweit gehört. Meine Großeltern haben allerdings nicht lange hier gewohnt, sondern sind, kurz nachdem meine Uroma gestorben war, in die Stadt gezogen. Papa hat den Hof dann übernommen und so lebt immer noch eine Generation Himmelweits hier. Allerdings haben wir nur noch ein paar Schafe, dreizehn Hühner und eine einzige Kuh, Hummels Haustiere und Bella nicht mitgezählt. Früher gab es viel mehr Tiere auf dem Hof. Weil Papa und Mama keine Landwirte sind, mussten die anderen Kühe und die Pferde nach und nach verkauft werden. Auch die Felder, die früher zu unserem Gehöft gehörten, werden jetzt von anderen Bauern bewirtschaftet. Aber darum geht es jetzt ja gar nicht. Ich wollte erzählen, was Hummel und Jo anstellten.

Entgegen meiner Erwartung schafften sie es – das behaupten sie zumindest – ohne Streit bis zum ersten Haus des Dorfes. Dort wohnt ein altes Ehepaar. Ich glaube, die beiden sind mindestens neunzig Jahre alt und wohnen dort schon immer. Ich kenne sie nur vom Sehen, weil sie sonntags immer in der ersten Bankreihe in der Kirche sitzen und Mama von mir verlangt, dass ich höflich und leise »Guten Morgen!« sage, wenn ich an ihnen vorbeigehe. Ich schätze, Hummel begrüßte den Hofhund und spazierte durch das Gartentor auf die Linde zu, in deren Schatten das Ehepaar gerade saß. Jo blieb mit Sicherheit immer einen Schritt hinter ihm und hielt das Blatt mit der Petition fest in der Hand.

»Hallo, Frau … äh … hallo!« Hummel strahlte die alten Herrschaften an. Er hatte sich leider ihren Nachnamen nicht gemerkt. Namen vergisst Hummel grundsätzlich. Zum Glück hat er so ein herzliches Lächeln, dass das nicht weiter auffiel. Mit ein paar leidenschaftlichen Worten überzeugte er die beiden, unsere Forderung zu unterschreiben. Sie hatten wohl ein paar Probleme mit Jos Füller, aber schließlich war es geschafft. Hummel und Jo verabschiedeten sich – Hummel begeistert und Jo erleichtert – und fuhren zum nächsten Haus.

Leider lief es von da an nicht mehr ganz so gut. Auf dem Meyerhof trafen sie niemanden an. Vor dem Haus von Familie Schmidt parkte gerade ein

Krankentransportfahrzeug, sodass sie sich nicht trauten zu klingeln. Herr Hornschuh drohte den beiden, sie bei unseren Eltern zu verpetzen, wenn sie ihn nicht sofort mit ihrer »schwachsinnigen Sache« in Ruhe ließen. Und dann standen Hummel und Jo auch schon vor der Neubausiedlung, die vor ein paar Jahren neben dem Bahnhof errichtet wurde.

»Wir können doch nicht an jeder einzelnen Haustür klingeln!«, murrte Jo und sah missmutig auf die einzigen beiden Unterschriften auf dem Blatt. Dann maulte er: »Ich glaube, das mit der Petition war eine blöde Idee. Tausend Unterschriften? Das klappt doch nie! Lass uns nach Hause fahren.« Hummel hatte auch keine Lust die vielen Klingelknöpfe abzuarbeiten. Aber aufgeben wollte er ebenso wenig. Er kniff die Augen zusammen, wie er es immer tut, wenn er scharf nachdenkt. Und dann hatte er plötzlich eine Idee.

* * *

Ich hockte derweil auf unserem Hof und wurde immer kribbeliger. Lany hatte es aufgegeben, mich zu fragen, wann wir gehen würden. Sie kniete auf der Erde und spielte mit den Kätzchen, die die Nachbarskatze vor ein paar Wochen in unserer Scheune geworfen hatte. Wo blieb Papa nur? Ich kickte wütend gegen ein Steinchen. Nein, so konnte ich den Tag nicht an mir vorbeiziehen lassen. Es war schon fast Mittag und ich würde ganz bestimmt nicht zulassen, dass Hummel und Jo mit ihren fünfhundert Unterschriften hier auf den Hof radelten, bevor ich auch nur eine einzige bekommen hatte! Also ging ich ins Haus und schnappte mir einen Zettel.

Bin mit Lany unterwegs. Komme gegen eins zurück, schrieb ich. Mama oder Papa würden es schon lesen und sie wussten ja, dass auf mich Verlass ist. Hoffte ich.

Ich war sogar richtig verantwortungsvoll. Ich zwang Lany, ihren Radhelm aufzusetzen, obwohl sie sich mit aller Kraft dagegen wehrte. Sie gab erst nach, als ich ihr versprach, ihr die Hälfte der Schokolade abzugeben, die ich in meiner Schreibtischschublade vor meinen Brüdern versteckte. Dann packte ich meine Zettel und zwei Kugelschreiber in meine Umhängetasche und holte mein Fahrrad. Lany musste sich auf den Gepäckträger setzen. Das erlaubt Mama außerhalb unseres Hofes zwar nicht, aber ich hatte vor, für die lange Strecke ins Oberdorf nur die Nebenstraßen zu benutzen. Dort fuhren kaum Autos – höchstens mal ein Traktor –, also konnte ja wohl nichts passieren. Weil sie eine Turnerin ist, hat Lany viel Übung darin, sich gut festzuhalten. Dadurch konnte ich ordentlich in die Pedale treten und wir schafften die paar Kilometer in recht kurzer Zeit.

Das allerletzte Haus unseres Ortes ist eine Gaststätte. Dort saßen zwar eine Menge Touristen im Biergarten, aber ich traute mich nicht, sie anzusprechen.

»Bitte, Emmi, die machen bestimmt alle mit«, drängte Lany mich.

Ich schüttelte den Kopf und hielt mir den Finger an die Lippen. »Lass mich mal«, gab ich zurück. »Ich muss erst mal Mut sammeln. Wir fangen da drüben an.«

Da drüben stand ein kleines altes Häuschen in einem Garten voller wilder Blumen. Ich kannte im Oberdorf so gut wie keinen Menschen, deshalb hatte ich keine Ahnung, wer dort wohnte. Aber das Haus sah so nett und friedlich aus, dass dort nur eine freundliche alte Dame mit ihrer Katze leben konnte. Während ich zweimal vor dem Gartentor auf und ab ging, um Mut zu sammeln, prägte ich mir ihren Namen ein.

Weinert, stand an dem selbst gemalten Klingelschild, von dem die Farbe schon ein wenig abplatzte.

»Na, los!«, quengelte Lany und zog an meinem

Shirt. Schon drückte sie die Klinke des Gartentürchens. Aus dem Augenwinkel registrierte ich ein Fahrrad, das in die Hecke gelehnt war. Es kam mir merkwürdig bekannt vor. Allerdings ließ Lany mir keine Zeit zu überlegen, denn sobald wir im Garten waren, stürmte sie zur Haustür und schellte.

»Lany!«, zischte ich wütend. Mein Herz wummerte vor Aufregung. Wie war ich nur auf die dumme Idee gekommen, fremde Menschen um ihre Unterschrift auf meiner Petition zu bitten?

Schon hörten wir Schritte hinter der Tür und sie öffnete sich.

»Guten Tag Frau Wei…« Ich schaute von meinen nervös um das Blatt verkrampften Händen auf und mir gefror das Blut in den Adern. »Luca!«, stammelte ich und glaubte, gleich in Ohnmacht zu fallen. Was um alles in der Welt machte der Held meiner schlaflosen Nächte im Garten einer alten Frau in meinem Heimatort?! Ich wusste genau, dass er zwei Dörfer weiter wohnte. Vielleicht war mein Hirn vor lauter Aufregung übergeschnappt und das hier war eine Halluzination?

Zum Glück gab meine kleine Schwester mir

eine Sekunde Zeit, die Sache halbwegs zu verarbeiten.

»Hallo«, zwitscherte sie. »Wir wollen, dass du da was draufschreibst.« Sie tippte mir auf den Arm. »Zeig es ihm schon, Emmi!«

Ich zwinkerte dreimal übertrieben und versuchte, meine Sprache wiederzufinden. »Ja, also, äh ... hallo«, brachte ich heiser hervor. »Ich ... äh ... bin Emmi.«

Lucas grashüpfergrüne Augen funkelten belustigt.

»Hi«, gab er zurück und lächelte. »Ich glaube, ich hab dich schon mal in der Schule gesehen.« Er hatte mich gesehen! Ich meine, wow! Er hatte mich tatsächlich wahrgenommen und er erinnerte sich an mich! Meine Knie wurden weich und ich merkte gar nicht, dass eine peinliche Stille entstand.

»Emmi?« Lany holte mich mit ihrem piksenden Finger in die Wirklichkeit zurück. Allerdings war es mir jetzt, da ich meinem Traummann Auge in Auge gegenüberstand, unmöglich, einen zusammenhängenden Satz zu formulieren.

»Wir ... Petition ...«, stotterte ich und biss mir auf die Lippe.

»Du sollst da deinen Namen draufschreiben«, kam meine fünfjährige Schwester mir professionell zu Hilfe. Sie nahm mir die Zettel aus der Hand und hielt sie Luca hin. »Damit rettest du die Welt.«

»Vor Müll«, ergänzte ich hilfreich und grinste dümmlich.

Luca besah sich das Schreiben mit einem interessierten Blick. »Oh«, machte er dann. »Ja, also, das ist echt eine gute Idee. Ein bisschen abenteuerlich in der Rechtschreibung, aber die Idee finde ich gut.«

Mir schoss das Blut ins Gesicht. Wie oberpeinlich! Luca war ein Deutschkenner und ich hatte versagt. Das konnte ich so nicht stehen lassen. »Ja, das hat mein kleiner Bruder geschrieben«, log ich rasch, um meine Ehre zu retten.

»Er will so gern was für die Umwelt tun und ich dachte, ich helfe ihm mal ein bisschen.«

»Nett von dir«, sagte Luca anerkennend und ich fühlte mich augenblicklich wie der schlechteste Mensch der Welt.

»Ich wünsche euch viel Erfolg! Allerdings zählt meine Unterschrift da wohl nicht. Für eine Petition muss man achtzehn sein, genauso wie bei den Wahlen.«

Oh Mann, klug war er also auch. Ich konnte ihn so was von vergessen. Jetzt, nachdem ich so stotterisch und blöd vor ihm gestanden hatte, würde er mich in der Schule nie wieder eines Blickes würdigen. Ich strich unbeholfen meine langen blonden Haare zurück und zog die Nase kraus.

Aber Luca war noch nicht fertig. »Wartet mal kurz, ich frage meine Oma, ob sie unterschreiben will.« Er verschwand im Haus und mein Gehirn begann langsam, seinen Dienst wieder aufzunehmen. Als Luca zurückkam, wedelte er zufrieden mit dem Zettel.

»Hier, eure erste Unterschrift!«

Ich nahm all meinen Mut und den verbleibenden Rest meiner Würde zusammen und sagte: »Ich finde, jede Unterschrift zählt. Wir können es doch nicht den Erwachsenen überlassen, die Umwelt zu verbessern. Bitte trag dich auch ein.«

Luca sah mir in die Augen und strahlte. »Du

hast recht«, erwiderte er fröhlich. »Warum eigentlich nicht.« Er legte das Blatt in den Türrahmen und schrieb schwungvoll seinen Namen auf Jos krumm gezogene Linie.

»Du aber auch«, forderte er mich auf, sobald er fertig war. Und das war das erste Mal, dass unsere beiden Namen ganz eng beieinander auf einem Zettel standen. Jo hatte die dritte Linie nämlich sehr dicht unter der zweiten gezeichnet.

Währenddessen kamen Hummel und Jo im Unterdorf so richtig in Schwung ...

Alarm am Supermarkt

Das sah ungefähr so aus:

»Wenn die Leute nicht wollen, dass wir sie zum Unterschreiben überreden«, erklärte Hummel Jo seine brillante Idee, »dann müssen wir sie eben dazu bringen, dass sie es von sich aus unbedingt machen wollen.«

Es war eine alte Strategie, die Papa oft bei Lany zum Einsatz brachte. Vor allem morgens, wenn sie wieder keine Lust hatte, sich anzuziehen. Er legte dann ihre Sachen auf den Fußboden, ging aus dem Zimmer und sagte laut: »Ach, Lany schafft es ja nicht, sich alleine anzuziehen. Schaaade ...«

Lany schlüpfte dann in Windeseile in ihre Klamotten, sobald Papa den Raum verlassen hatte. Um ein paar Minuten später triumphierend ins Esszimmer zu kommen und »Hä-hä!« zu machen.

Hummels Plan war einfach. Direkt neben der

Neubausiedlung gab es einen Supermarkt. Genauer gesagt den einzigen Supermarkt des Ortes. An diesem Samstagvormittag war hier das halbe Dorf zum Einkaufen versammelt. Sie konnten sich also dort an den Eingang stellen und jeden bitten, die Petition zu unterstützen.

Aber Jo wollte nicht. »Nee, das ist doch peinlich! Außerdem werden alle einfach an uns vorbeigehen. Oder wir müssen hundert Mal erklären, was auf dem Blatt steht.«

Hummel überlegte kurz. Wie ich ihn so kenne, kratzte er sich dabei an der Nase. Dann sprang ganz bestimmt dieses begeisterte Glitzern in seine Augen, das jede seiner verrückten Ideen begleitet. »Das mit dem Erklären geht doch leicht. Komm mal mit.«

Die Jungs stellten ihre Räder in den Fahrradständer des Marktes. Dann winkte Hummel Jo, ihm zu folgen. Er hatte gesehen, dass vor einem der Häuser Sperrmüll auf der Straße stand. Darunter war ein kleiner Tisch, den die Jungen leicht zu zweit tragen konnten.

»So, den stellen wir hier hin«, befahl Hummel.

»Das ist unser Informationsstand. Du weißt doch, als Bürgermeisterwahl war, haben die das auch so gemacht.«

Jo hatte ein ungutes Gefühl in der Magengegend, wollte aber nicht auf die fünfhundert Unterschriften verzichten.

»Bleib kurz hier stehen!« Hummel sauste davon. Er ging in den Supermarkt und kam mit zwei Pappen, die einmal als Verpackung für Nudeltüten gedient hatten, wieder heraus. »Schreib mal was drauf, was die Leute interessiert«, bat er Jo und rannte schon wieder davon.

Jo kratzte sich am Kopf. Woher sollte er denn wissen, was die Leute interessierte?

Ihm war noch nichts eingefallen, als Hummel zurückkam. Hinter sich her schleifte er einen Sack voller Plastikmüll, den er neben einer gelben Tonne gefunden hatte.

»So, jetzt kann es losgehen.« Mit einem beherzten Schwung riss er die Tüte auf und verstreute den Abfall rings um den »Informationsstand« herum. Dann nahm er Jo, der sprachlos hinter dem Tisch stand, den Stift aus der Hand.

»Pass auf, ich schreibe was«, sagte er und legte auch gleich los.

»Ist doch nicht mein Müll!«, stand auf der Pappe, als er fertig war.

»Du nimmst jetzt das Schild in die Hand und ich stelle mich mit der Petition hinter den Tisch. Dann sehen wir mal, was passiert.«

»Wenn es Ärger gibt, sage ich, dass das deine Idee war«, murrte Jo, machte aber, was Hummel ihm aufgetragen hatte.

Die Jungs sagen, es dauerte keine zwei Minuten, da stürmte eine ältere Dame aufgeregt auf sie zu.

»Was ist denn hier los?«, schnaubte sie.

Jo hat das Ganze später so lebhaft nacherzählt, dass ich die Dame richtig vor mir sehe.

Ihr Gesicht war gerötet und Jo trat einen Schritt zurück. Beinahe hätte sie ihn mit ihrem Krückstock getroffen, den sie drohend schwang.

»Wie kommt ihr dazu, euren Müll hier vor dem Supermarkt zu verteilen?«

»Das ist nicht unser Müll«, protestierte Jo.

»Genau. Steht doch auf dem Schild!« Hummel lächelte sie freundlich an.

»Schauen Sie mal, unsere Schwester will die Welt vor Müll retten und Sie können ihr helfen!«

Mit wichtiger Miene hielt er den Petitionsbrief in die Höhe.

Die Frau kam noch ein Stück näher und kniff die Augen zusammen. »Ich kann das nicht lesen«, behauptete sie, immer noch ein bisschen böse.

Da kam ihr eine weitere Frau zu Hilfe. »Wenn man die Rechtschreibfehler mal übersieht«, erklärte sie stolz, »kann man es verstehen. Die Kinder wollen erreichen, dass nicht mehr so viele Lebensmittel in Plastik verpackt werden.«

»Genau!«, strahlte Hummel. Er war sehr zufrieden.

»Aber das ist doch sehr praktisch, wenn alles schön in Plastik verpackt ist«, wunderte sich die ältere Dame jetzt, die von Jo insgeheim »die Hexe« genannt wurde.

»Praktisch vielleicht.« Hummel zwinkerte Jo zu, denn die zweite Frau hatte jetzt die Aufgabe des Erklärens ganz von allein übernommen. »Aber es ist doch eine große Belastung für die Umwelt.

Erst neulich kam im Ersten eine Dokumentation zu dem Thema. Die Meere sind ja schon ganz überfüllt von dem Zeug!«

Die »Hexe« wirkte nun ein wenig nachdenklich.

Die andere Frau war restlos begeistert. »Also, ich finde, das ist eine ganz ausgezeichnete Sache, was ihr da macht.«

»Sie können das gleich unterschreiben«, mischte Jo sich nun ein und hätte beinahe das Plakat zur Seite gelegt. »Und wir schicken es dann an den Bundeschef.«

»Sehr gut«, lobte die Frau und griff nach dem Kuli.

»Und jetzt Sie«, verlangte sie, sobald sie ihren Namen geschrieben hatte.

»Sie wollen doch nicht schuld daran sein, dass unsere Umwelt verschmutzt wird?«

Der alten Dame blieb nichts anderes übrig, als ebenfalls zu unterzeichnen. Sie schrieb und knallte den Stift danach auf den Tisch.

»Aber nachher räumt ihr das hier alles wieder weg!«, sagte sie drohend, schwang noch einmal ihren Stock und machte sich davon.

Die andere Frau wedelte währenddessen mit ihren Armen in Richtung zweier parkender Autos.

»Hilde! Rudi! Kommt mal her!«

Die Gerufenen stiegen aus.

»Ihr müsst das unbedingt unterschreiben! Ist doch toll, wenn die Jugend sich so engagiert.« Auf diese Weise bildete sich eine kleine Menschentraube um den »Infostand«. Jeder, der auf den Parkplatz fuhr oder aus dem Supermarkt kam, blickte neugierig auf die Ansammlung von Müll und Menschen. Hummel und Jo standen mit stolzgeschwellter Brust an ihrem Sperrmülltisch und hatten bald das erste Blatt voller Unterschriften.

»Es sind schon siebenundvierzig Zeilen voll«, stellte Jo zufrieden fest, als um die Mittagszeit eine kleine Flaute einsetzte. »Deine Idee war gar nicht so schlecht.«

Dann passierten zwei Dinge gleichzeitig: Der Leiter des Supermarktes kam auf sie zu und ein Auto fuhr auf den Parkplatz, das ihnen sehr bekannt vorkam.

»Papa!«, rief Hummel, und: »Könnt ihr mir vielleicht erklären, was das hier werden soll?«, fragte der Marktleiter.

Jo biss auf seine Unterlippe. »Wir sammeln Unterschriften für den Umweltschutz«, gab er kleinlaut zur Antwort.

Der Mann sah nicht so aus, als würde er das gutheißen. »Dafür braucht ihr eine Standgenehmigung!«, herrschte er sie an. »Dieser Parkplatz, auf dem ihr steht, gehört zu meinem Supermarkt. Wer hier Werbung machen will, muss das mit mir absprechen und Standmiete bezahlen.«

»Aber das ist doch keine Werbung«, versuchte Hummel die Sache abzumildern. »Wir wollen doch nur …«

»Was ihr wollt, ist mir egal!«, fauchte der Mann.

Zum Glück war Papa inzwischen aus dem Auto gestiegen und kam zu ihnen herüber. »Hummel? Jo? Was macht ihr denn hier? Wo kommt dieser Müll her?«

»Aus dem Supermarkt!«, rief Hummel, der bei Papas Anblick neuen Mut gefasst hatte.

»Also, das ist doch …«, setzte der Marktleiter an.

»Genau deshalb stehen wir ja hier! Wenn Sie in Ihrem Laden nicht so viele Plastikverpackungen verkaufen würden, dann müssten wir nicht Unterschriften dagegen sammeln! Sie wollen doch bestimmt auch nicht, dass in ein paar Jahren hier alles voller Müll liegt ...« Hummel war noch nicht fertig mit seiner feurigen Rede, aber der Marktleiter schnitt ihm das Wort ab.

»Das Einzige, was mich interessiert, ist, dass heute hier alles voller Müll liegt. Und das habt ihr zu verantworten.« Er wandte sich mit bitterbösem Blick an Papa. »Bringen Sie Ihre Kinder gefälligst dazu, fremdes Eigentum zu respektieren.«

»Ihr könnt mir gleich alles erklären, Jungs«, sagte Papa ruhig und warf Hummel und Jo einen verschwörerischen Blick zu. »Jetzt machen wir erst einmal den Parkplatz sauber.«

»Aber ...«, wollte Jo protestieren.

Papa sah ihn scharf an. »Packt mal eure Sachen zusammen.« Er ging mit dem Marktleiter ein paar Schritte zur Seite und klärte irgendetwas mit ihm, was die Jungen nicht verstehen konnten.

»Mann, es lief so gut!«, schimpfte Hummel,

während er die stinkenden Plastikverpackungen wieder in den gelben Sack steckte. »Jetzt müssen wir wieder bei allen Leuten klingeln.«

Jo winkte ab. »Ohne mich«, sagte er. »Mir reicht es.«

Sie klaubten wortlos auch die letzte Plastikfolie auf und trugen den Tisch zurück zum Sperrmüllplatz.

* * *

Ich war währenddessen damit beschäftigt, mich wieder zu beruhigen. Den Garten von Frau Weinert (den Namen würde ich mir für immer und ewig merken) hatte ich fluchtartig verlassen. An meiner Hand schleifte ich Lany hinter mir her.

»Gehen wir jetzt in die Gaststätte und fragen die Leute dort?«, wollte sie wissen.

Ich schüttelte nur den Kopf und hievte meine kleine Schwester auf den Gepäckträger.

»Aber die würden bestimmt alle auf dein Blatt schreiben!«, protestierte sie.

Ich erwiderte nichts, schwang mich auf das

Rad und fuhr, wie von wilden Hunden gehetzt, die Dorfstraße hinunter. Ungefähr auf der Hälfte zwischen dem letzten Haus des Ortes und unserem Hof hielt ich an. Eine Bank stand neben dem Miniteich, aus dem die Feuerwehr bei Bedarf Löschwasser holte. Dort setzte ich mich hin.

Lany stand mit verständnisloser Miene neben mir. »Mensch, Emmi. So schaffen wir das nie.« Ich zuckte mit den Schultern.

Irgendwie hatte ich mir den Umweltschutz einfacher vorgestellt. Mein Herz klopfte immer noch Sturm. Wer hätte auch ahnen können, dass ausgerechnet Luca mein erstes Gegenüber bei dieser Sache sein würde?

Lany kannte mich gut genug, um zu wissen, dass sie mich jetzt in Ruhe lassen musste. Sie hockte sich an den Rand des Teiches und warf Steinchen hinein. Ich versuchte, meinen Atem zu beruhigen und mir darüber klar zu werden, was ich da angestellt hatte. Erstens: mit Luca geredet. Wow, davon hatte ich wochenlang geträumt. Was sage ich da – *monatelang*! Aber was für einen Schwachsinn hatte ich von mir gegeben! Und wie ich gestottert hatte.

Oberpeinlich. Bestimmt hatte ich rote Flecke im Gesicht gehabt. Und wenn ich gewusst hätte, dass ich ihn treffen würde, dann hätte ich heute Morgen nie und nimmer meinen grünen Rock angezogen. Den trage ich nur am Wochenende, wenn ich nicht cool aussehen muss. Meine Frisur war auch nicht der Bringer. Im Gegenteil: Zu mehr als einem schiefen Pferdeschwanz habe ich samstags keine Lust. Oh Mann. Ich würde Luca nie wieder unter die Augen treten können.

Ja, das dachte ich damals wirklich. Ich hatte ja keine Ahnung, wie diese Geschichte weitergehen würde.

Als Lany ungefähr fünfzig Steine ins Wasser geworfen hatte, kam ich zu zweitens. Zweitens war noch ein bisschen schlimmer als erstens, weil ich ein sehr empfindliches Gewissen habe. Zum Beispiel kann ich nicht einmal Schokoladenstückchen aus dem Süßigkeitenschrank klauen, wie Sam es ständig tut. Ich fühle mich dann sofort ganz schlecht, weil es mich zur Diebin macht. Genauso wenig kann ich Mama anflunkern. Ich hab es ein paarmal versucht, aber danach konnte ich nicht schlafen und musste ihr direkt am nächsten Morgen die Wahrheit sagen. Einmal bin ich sogar kurz nach Mitternacht heulend zu ihr ins Bett gekrochen, weil ich ihr erzählt hatte, ich hätte in der Schule das Gedicht auswendig gewusst und eine Eins fürs Aufsagen bekommen. Dabei hatte ich es gar nicht gelernt (weil ich vergessen hatte, dass das unsere Aufgabe war) und meine Lehrerin hatte mit einer Sechs gedroht. Aber das ist schon lange her, und wehe, wenn du jemandem verrätst, dass ich so eine Heulsuse bin.

Jedenfalls fiel mir zweitens ein, dass ich Luca angelogen hatte. Schließlich war es meine schlechte Rechtschreibung, nicht die von Jo. Und die Petition war auch meine Idee und nicht die meines kleinen Bruders. Mein Gewissen zwickte so doll, dass ich gleich ein bisschen Bauchweh hatte. Schließlich lernt jedes Kind schon im Kindergottesdienst, dass lügen falsch ist. Du kennst doch bestimmt auch die Zehn Gebote aus der Bibel, oder? Mama sagt immer, dass das eigentlich keine Verbote sind, die uns belasten sollen. Sondern diese Regeln hat Gott für uns gemacht, damit wir Menschen gut miteinander auskommen. Das macht für mich voll Sinn. Ich meine, wer will schon angelogen werden? Oder getötet? (Das ist auch eins von diesen Geboten, du weißt schon.) Ich dachte also darüber nach, wie blöd es von mir war zu schwindeln. Aber es war eben passiert, und nun ließ sich nichts mehr daran ändern. Wäre Luca Mama gewesen, dann wäre ich sofort wieder auf mein Rad gestiegen und hätte mich entschuldigt. Aber Luca war Luca und da ging das natürlich nicht.

Lany warf den schon mindestens siebenundsechzigsten Stein ins Wasser und kam wieder zu mir. »Machen wir jetzt endlich weiter?«, bat sie. »Mir ist langweilig.«

Ich schüttelte den Kopf. »Wir machen gar nicht weiter, Lany«, gab ich zur Antwort.

Sie zog die Augenbrauen zusammen und sah mich an, als wäre ich eine Schwachsinnige. »Was?«, fragte sie nach. »Sind wir schon fertig?«

»Ja«, sagte ich und packte sie wieder auf den Gepäckträger. »Ja, es reicht schon. Wir fahren jetzt nach Hause.«

Jetzt gab sie auf und klammerte sich den ganzen restlichen Weg richtig an mir fest. Das musste sie auch, denn ich legte die ganze Wut über mein dummes Verhalten in meinen Fahrstil.

Wir kamen genau gleichzeitig mit Mama wieder zu Hause an.

»Wo wart ihr beide denn?«, fragte sie mit einem Stirnrunzeln. »Du weißt, dass ich es nicht gern sehe, wenn du Lany auf dem Gepäckträger mitnimmst.«

»Ja, ich weiß«, gab ich kleinlaut zu.

Lany hüpfte von meinem Rad und rannte zu Mama, um sie fest zu knuddeln. Dann bekam Mama den Hundeblick von ihr zu sehen. »Hast du mir was mitgebracht?«

Mama seufzte und öffnete den Kofferraum unseres Autos. »Ihr beide könnt mir gleich mal helfen, die Sachen in die Küche zu bringen.«

Lany ist immer gern bereit, bei so was zu helfen. Ich nicht so gern, aber weil ich nett sein will, mache ich es trotzdem immer. Ich schob also mein Rad in die Scheune, um gleich mit anzupacken. Dabei fiel mein Blick auf das alte Kissen, auf dem

Bella immer lag, wenn keiner mit ihr spielte. Es war leer, aber ich dachte mir nichts dabei. Manchmal strolchte sie eben im Garten umher.

Ich ging zum Auto und begann, Lebensmittel in die Wohnung zu schleppen.

»Wo warst du denn einkaufen?«, wollte ich wissen.

Ein paar Sachen gibt es in unserem Dorfsupermarkt nicht zu kaufen. Wenn Mama zum Einkauf in die Stadt fährt, dann sind die Schulbrote abwechslungsreicher.

»In der Stadt«, hörte ich Mama.

Ein zufriedenes Grinsen schlich sich auf mein Gesicht.

»Ich wollte auf dem Rückweg noch unten im Dorf etwas holen. Die Käsetheke gefällt mir dort besser. Aber auf dem Parkplatz war so viel los, dass ich keine Lust hatte anzuhalten. Da war wohl wieder eine Werbeveranstaltung oder so was.«

Sie stapelte Milchkartons in den Schrank und ich beeilte mich, noch die letzte Tasche aus dem Auto zu holen.

»Wo sind eigentlich Hummel und Jo?«, wollte

Mama wissen, als ich mit dem Beutel zurück in die Küche kam, aus dem es tropfte.

»Oh nein, die Buttermilch!«

Irgendwie war ich froh, dass Mama jetzt erst einmal die Bescherung in Ordnung bringen musste. Rasch reichte ich ihr ein feuchtes Tuch.

Leider vergessen Mütter nie, welche Frage sie gestellt haben, selbst wenn sie zwischendurch ein radioaktives Kaninchen einfangen müssen.

»Sind Hummel und Jo im Garten?«, wiederholte sie, sobald die halb leere Buttermilchpackung in ein Glas umgefüllt und der Becher entsorgt war.

»Ähm ...« Ich biss wieder auf meine Unterlippe (das mache ich immer, wenn ich nicht weiß, was ich sagen soll) und zögerte kurz.

»Also, ich glaube, sie wollten ins Unterdorf. Mit den Rädern. Aber zu Mittag sind sie wieder da, das haben wir abgesprochen.«

Mit fünfhundert Unterschriften, ergänzte ich in meinem Kopf. Dass sie, genau genommen, neunhundertsiebenundneunzig brauchten, damit wir zusammen auf tausend kämen, versuchte ich zu verdrängen.

»Da bin ich mal kurz nicht da und schon sind alle Kinder ausgeflogen«, stellte Mama fest. Lany packte inzwischen fleißig weiter die Einkaufstaschen aus.

Mama nahm ein Glas Gurken von ihr entgegen, bevor es herunterfallen konnte. »Wann ist denn Papa nach Hause gekommen?«, bohrte sie dann weiter. »Und wo ist er jetzt? Ich habe seinen Wagen gar nicht gesehen.«

Wir haben zwei Autos: ein kleines, neues, mit dem Papa immer zur Arbeit fährt, und einen alten Kleinbus, mit dem wir reisen, wenn wir als Familie unterwegs sind.

»Ähm …«

Mama winkte ab. »Du warst also mit Lany schon weg, bevor er kam, hm?«, schlussfolgerte sie aus meinem Stammel-und-Lippen-Kau-Verhalten.

Ich nickte. Mama konnte ich sowieso nichts vormachen.

Dann kam urplötzlich das ganze schlechte Gewissen und das Schämen über meine Lüge und mein peinliches Gerede mit Luca wie eine Sturmflut über mich und ich fing aus heiterem Himmel an zu heulen. Ehrlich, das passiert mir fast nie. Und ich verrate es auch nur dir, weil du nun mal die ganze Geschichte erfahren sollst. Jedenfalls kam es über mich und ich stand da, mitten in der Küche, und die Tränen stürzten mir die Wangen herunter. Lany nahm mich gleich mitfühlend bei der Hand und Mama sah mich ganz überrascht an. »He, he, was ist denn los, Emmi?«, fragte sie sehr lieb.

So lieb, dass ich gleich noch mehr heulen musste.

Sie ließ die ganzen Einkäufe stehen, wo sie standen, und nahm mich in den Arm. Ich heulte erst mal eine Weile und sie streichelte mir den Rücken. Dann setzten wir uns an den Küchentisch, und Mama sah mir ins Gesicht. »Magst du mir sagen, was passiert ist?«

Da erzählte ich ihr alles von meiner Petition und von Luca und dass ich behauptet hatte, es wären Jos Rechtschreibfehler. Weil ich immer noch Tränen in den Augen hatte und mir außerdem die Nase lief, konnte ich ihr nicht so genau ansehen, was sie wohl dazu dachte. Aber es sah ein bisschen so aus, als würde sie lächeln. Dann reichte sie mir ein Taschentuch und strich mir übers Haar.

»Jetzt verstehe ich, warum du nicht auf Papa warten konntest«, meinte sie schließlich.

Ich schnäuzte mich und nun konnte ich sehen, dass sie wirklich verständnisvoll lächelte. Ihr Blick wirkte sogar ein bisschen, als wäre sie stolz auf mich. Das wunderte mich sehr.

»Ich finde es toll von dir, dass du mir das alles erzählt hast«, sagte sie sanft. »Und ich glaube, die Petition ist auch eine gute Sache. Ich bin gespannt, was Hummel und Jo erreicht haben.« Sie stand auf und holte mir ein Glas Wasser. »Luca wird dich sicher nicht ganz so peinlich empfunden haben wie du dich selbst.« Sie schmunzelte jetzt, aber es sah nicht nach einem Auslachen-Schmunzler aus.

»Weißt du, es ist eigentlich normal, dass man sich so komisch benimmt, wenn man überraschend auf jemanden trifft, den man sehr doll mag. Er wird dir ganz sicher noch eine Chance geben.«

»Meinst du?« Meine Stimme war wackelig, aber ich bekam plötzlich neue Hoffnung. Der Stachel von der dummen Lüge pikste trotzdem noch in meinem Herzen.

»Muss ich ihm jetzt auch noch die Wahrheit sagen, Mama? Ich wüsste nämlich nicht, wie ich das anstellen soll. Aber ich will eigentlich ein ehrlicher Mensch sein …«

Mama strich mir noch einmal über den Kopf und drückte mich ganz fest. »Das ist gut so«, gab sie zurück. »Vielleicht ergibt sich ja die Gelegenheit, ihm alles noch einmal zu erklären. Aber fürs Erste reicht es, denke ich, wenn du es Jo erzählst und dich bei ihm entschuldigst. Oder?«

Ich zuckte mit den Schultern und schniefte noch einmal. Dann half ich Mama, die restlichen Dinge wegzuräumen, und hoffte, dass meine Brüder bald von ihrer Mission zurückkehren würden.

Eine bessere Idee

Als Erster fuhr Papa in den Hof. Er trug ein breites Grinsen im Gesicht, als er aus dem Auto stieg.

Mama stand am Herd und rührte in einem Kochtopf. Durch das Küchenfenster sah sie Papa kommen. »Na, wenigstens hat er gute Laune«, murmelte sie vor sich hin.

Ich sprang von meinem Stuhl auf und lief Papa entgegen.

»Papa!« Lany war ein bisschen schneller als ich und so hingen schließlich zwei Mädchen an seiner Hüfte, um ihn zu begrüßen. Er lachte. Ich finde, Papa sieht gut aus, vor allem, wenn er lächelt. Die Väter meiner Freundinnen haben fast alle einen Bierbauch, deshalb bin ich stolz, dass mein Papa sportlich ist. Außerdem ist er noch ziemlich jung, weil Mama und er früh geheiratet haben.

»Warum kommst du so spät, Papa?«, wollte ich wissen, nachdem wir ihn wieder freigelassen hatten.

Papa wuschelte uns beiden durchs Haar und antwortete: »Es hat im Büro etwas länger gedauert. Dann wollte ich schnell im Supermarkt noch etwas besorgen, aber dort wartete eine Überraschung auf mich.«

Neugierig folgten wir Papa ins Haus.

»Welche Überraschung denn?«, hakte Mama nach, die ihn von drinnen gehört haben musste.

Aber Papa grinste nur noch breiter und sagte: »Wartet mal ab, bis Hummel und Jo nach Hause kommen. Dann erzählen wir euch alles.«

Mama schüttelte mit dieser Miene den Kopf, die besagt: *In dieser Familie gibt es auch wirklich keinen Tag, der ganz normal wäre.* Ich glaube, sie ist darüber nicht unglücklich.

Persönlich wünsche ich mir ja manchmal, ich hätte nicht so viele Geschwister. Na ja, genau genommen finde ich es schon toll. Aber manchmal nervt es auch. Dann stelle ich mir vor, ich wäre ein Einzelkind und hätte meine Eltern und mein Zimmer ganz für mich allein. Aber ich glaube, auf Dauer wäre das auch langweilig. Außerdem habe ich mich schon an meine Geschwister gewöhnt.

Während der Duft nach leckerem Mittagessen langsam die Wohnung erfüllte, trudelte als Nächstes Sam zu Hause ein. Seine Mannschaft hatte das Spiel verloren und er verschwand sofort unter der Dusche. Dann kamen Jo und Hummel in den Hof geradelt. Sie ließen ihre Fahrräder einfach vor der Haustür fallen und rannten in unser Esszimmer.

»Schuhe aus!«, brüllte ich, bevor Mama meckern konnte.

Die Schuhe flogen ebenfalls einfach durch die Gegend. Und das, obwohl Opa mit uns gemeinsam letztes Jahr das weltbeste Großfamilienschuhregal gebaut hat, das Sofi und ich kunterbunt anstreichen durften.

»Bella!«, rief Hummel und sah sich nach seiner Fellfreundin um.

Mir fiel das leere Hundekissen wieder ein und ich sagte: »Die ist bestimmt im Garten.«

Hummel hüpfte an mir vorbei in die Küche, die nur durch zwei dicke Holzbalken von dem großen Esszimmer abgetrennt ist. Zwischen den Balken liegen Regalbretter, auf denen sich Blumentöpfe und ein wildes Sammelsurium von »Kunstwerken« (vor allem seltsame Figuren aus Ton, Pappmaschee und Draht, die unsere Lehrer uns im Unterricht herstellen lassen) und Urlaubserinnerungen tummeln. In diesem Raum, den wir »die Diele« nennen, steht ein riesiger Tisch. An zwei Wänden laufen Holzbänke daran entlang, auf denen bunte Kissen liegen. Die übrigen beiden Tischkanten lassen Platz für Stühle. Wir besitzen genau drei gleiche Stühle in unserem Haus. Die anderen sind alle Einzelstücke. Mama hat eine Vorliebe für außergewöhnliche Sitzgelegenheiten. Deshalb ist Papas Stuhl ein ganz alter, bequemer, aus schwerem dunkelbraunem Holz. Mama dagegen hockt aus Überzeugung auf einem Schemel, dessen Sitzfläche eine polierte Kuhle hat. Er ist knallrot lackiert.

Die ganze Familie – bis auf Sofi, die immer noch mit ihrer Freundin unterwegs war – versammelte sich jetzt an unserem großen Tisch. Mama hatte ihn schon für das Mittagessen gedeckt. Papa brachte den Topf vom Herd und setzte sich zu uns.

»Erst singen, dann erzählen«, legte er fest.

Vielleicht machst du das anders, aber bei uns ist das so eine Tradition. Bevor wir essen, singen oder sprechen wir ein Tischgebet. Ich bin so daran gewöhnt, dass ich, wenn ich bei anderen Leuten zum Essen bin, immer als Letzte anfange zu essen, weil ich auf das Startsignal warte. Jedenfalls schmetterten wir unser Gebet und dann weihte Papa uns endlich in die Ereignisse am Supermarkt ein.

»Wir hatten schon siebenundvierzig Unterschriften!«, betonte Jo, als Hummel und Papa zu Ende berichtet hatten.

Papa schmunzelte. »Der Marktleiter wollte natürlich nicht unterzeichnen.« Er nahm einen Löffel Suppe und nickte Mama anerkennend zu. »Lecker, Schatz!«, sagte er und: »Aber immerhin konnte ich ihn davon abbringen, uns wegen Hausfriedensbruch anzuzeigen. Unglaublich, wie aggressiv manche Leute auf so kreative Aktionen von Kindern reagieren.«

Ich bekam einen ganz schönen Schrecken, als das Wort »Hausfriedensbruch« fiel. Ich wusste zwar nicht genau, was es bedeutet – aber hätte der Marktleiter etwa die Polizei rufen können wegen Hummels Idee?

Jo hatte auch ganz große Augen und ein blasses Gesicht.

»Ich finde, wir sollten nie wieder bei diesem Kerl einkaufen gehen«, stellte Hummel empört fest. »Wir haben doch gar nichts Schlimmes gemacht!«

Mama zuckte mit den Achseln. »Das ist eben Ansichtssache, ob man so etwas richtig oder falsch findet«, erklärte sie. »Für euch war es eine tolle Sache, aber er als Marktleiter hat eben tatsächlich das Recht zu bestimmen, was auf seinem Parkplatz gemacht wird. Trotzdem ist es meiner Meinung nach ein bisschen übertrieben, Kinder so anzumotzen. Aber es ist ja alles noch mal gut gegangen.«

Wir nickten alle erleichtert. Noch wussten wir ja nicht, was am Nachmittag passieren sollte.

»Trotzdem haben wir jetzt gerade mal fünfzig Unterschriften zusammen«, seufzte ich dann.

Sam blickte von seinem Teller auf. »Siebenundfünfzig, wenn du uns andere Familienmitglieder auch noch an dein Blatt lässt«, korrigierte er.

»Das ist trotzdem zu wenig.«

»Stimmt«, mischte Papa sich wieder ein. »Aber ich habe schon längst eine Idee.«

Hummel, Jo und ich schauten ihn gespannt an. Mama wusste anscheinend schon, was er vorschlagen wollte. Sie hatte diesen speziellen »Ich kenne die Lösung«-Blick.

»Man kann im Internet recht einfach eine Petition starten«, erklärte Papa mit triumphierendem

Augenfunkeln. »Wenn ihr wollt, dann richte ich eine für euch ein. Am besten machen wir ein Foto von euch dreien ...«

»Und Bella!«, warf Hummel ein.

Lanys Stimme piepte dazwischen: »He, ich mache auch mit!«

»... Gut, von euch vieren und Bella. Dann überlegen wir uns einen etwas griffigeren Text und schon kann es losgehen. Einverstanden?«

»Einverstanden!«, sagte ich strahlend.

Aber Jo hatte noch Bedenken. Ihm fällt – genau wie Mama – immer etwas ein, was noch problematisch ist. Meistens regt mich das voll auf, aber in letzter Zeit habe ich gelernt, dass das auch hilfreich sein kann.

»Müssen wir dann nicht auch wissen, an wen wir die Petition richten wollen?«, fragte er mit gerunzelter Stirn. »Und überhaupt, wie sollen die Leute da unterschreiben?«

»Die Unterschriften werden digital gesammelt«, erklärte Papa. »Und du hast natürlich recht. Ich werde nachforschen, an wen wir uns genau wenden müssen. Dabei könnt ihr mir gern helfen.«

»Super«, beendete Mama das Gespräch und das Mittagessen. »Und jetzt, da wir geklärt haben, wie das mit eurer Petition etwas werden kann, habe ich noch einen Vorschlag zum Umweltschutz.«

Wir sahen sie erstaunt an.

»Es gehört ja auch dazu, Ressourcen zu schonen, oder?« Ein listiges Glitzern in ihren Augen ließ mich misstrauisch werden. Sie redete schnell weiter: »Das bedeutet, Strom und Wasser zu sparen.«

Ich wusste immer noch nicht, warum es in ihren Augen so komisch blitzte, aber da kam es auch schon: »Also ist es viel umweltschonender, den Abwasch nicht mit dem Geschirrspüler, sondern per Hand zu erledigen. Wer übernimmt das heute Mittag?«

Jo stöhnte und Sam sprang mit einem »Ich hab noch Hausaufgaben!« auf und rannte die Treppe hoch in sein Zimmer. Hummel kniff verständnislos die Augen zusammen und ich überlegte, wie ich mich herausreden könnte.

Mama stützte die Arme in die Hüften und sah uns herausfordernd an. »Meint ihr es nun ernst damit, die Welt retten zu wollen, oder nicht?«

»Na guuuut …«, maulte ich und stand auf.

»So eine kleine Sache macht doch keinen Unterschied«, behauptete Jo. Er brachte immerhin seinen Teller in die Küche, ging aber dann nach draußen.

»Hilfst du mir, Hummel?«, versuchte ich es bei meinem jüngsten Bruder. Doch der winkte nur ab. »Keine Lust. Ich gehe Bella suchen.«

Er verschwand also auch und so blieben nur Lany, Mama und ich übrig.

»Und wieder bleibt es den Frauen überlassen, die Welt zu einem besseren Ort zu machen«, meinte Mama und drückte mir das Spülmittel in die Hand. »Keine Sorge, heute Abend sind die Jungs dran.«

Während ich also zähneknirschend den Abwasch übernahm, bahnte sich die nächste Beinahekatastrophe an.

Wo ist Bella?

Hummel suchte Bella im Garten, in der Scheune und im ganzen Hof. Er lief auf die Dorfstraße und rief ihren Namen. Er ging ein Stück in den Wald und suchte auch dort nach ihr. Dann kam er zurück.

Ich saß gerade auf den Stufen vor der Haustür und las. Das Buch war so spannend, dass ich darüber alles vergessen hatte.

»Mama! Papa!« Hummel stürzte an mir vorbei.

Jo, der auf einem Baum gesessen und Gummibärchen gegessen hatte, kletterte herunter.

Wir fragten uns natürlich beide, was denn jetzt los war.

Hummel hatte sehr aufgeregt geklungen, also gingen wir ihm nach. Mama war gerade auf der Toilette im Erdgeschoss und hatte die Tür verriegelt. Hummel klopfte stürmisch dagegen. »Mama! Bella ist verschwunden!«

Weil ich zu weit weg war, konnte ich nicht hören, was sie antwortete. Aber Hummel fing an zu heulen.

»Hab ich doch! Ich war schon überall, wo sie manchmal hingeht. Aber die Gartentür hinten stand offen und vielleicht war Bella heute Vormittag allein ...«

Oh, oh. Mir fiel auf einmal siedend heiß ein, wessen Schuld das war: meine.

Wir hatten die Regel, dass Bella immer von dem im Haus eingesperrt wird, der dieses als Letzter verlässt. Und das war ich gewesen.

Genau genommen war es eigentlich Sofi. Die hatte von Mama ja auch die Aufgabe bekommen, auf uns aufzupassen. Aber sie hatte den Hof nun einmal vor mir verlassen. Und jetzt war Bella weg, weil ich es so eilig gehabt hatte, mit Lany loszufahren, um ... Lassen wir das, du weißt ja schon Bescheid. Zu diesem Zeitpunkt versuchte ich, überhaupt nicht mehr an die Stunde zwischen meiner Abfahrt vom Hof und meiner Rückkehr dorthin zu denken. Das war jetzt auch nicht nötig, denn ich musste Hummel helfen.

»Ich hab vergessen, sie ins Haus zu bringen,

als ich vorhin losgefahren bin«, gab ich kleinlaut zu.

Mama war immer noch im Badezimmer. Jetzt stand ich auch vor der Tür. Jo gesellte sich dazu, weil er neugierig war. Nach einer Weile hörten wir die Spülung rauschen. Als Mama die Tür öffnete, traten wir alle einen Schritt zurück.

Mama drehte die Augen gen Himmel. »Hier auf dem Klo ist Bella nicht«, sagte sie sarkastisch. Dann nahm sie Hummel in die Arme, der immer noch heulte. »Pass auf«, tröstete sie ihn. »Nehmt euch die Leckerlis mit und geht sie suchen, alle drei. Ich muss jetzt mit Lany zum Training fahren, aber Papa ist hier, falls ihr sie nicht finden solltet. Bestimmt ist sie bald wieder da.«

Ich bekam einen strengen Blick ab, aber den hatte ich ja auch verdient.

Dann trollten wir uns.

Wenn Bella wegläuft, dann bleibt sie fast immer in Rufweite. Sie ist eher der gemütliche Typ Hund. Jagt keine Katzen, bellt niemanden an und braucht für eine Gassirunde ewig, weil sie an jedem Baum und vor allem an jedem Kackhäufchen schnuppern muss. Das Einzige, was ihr unheimlich ist, sind Kühe und Pick-ups. Von Ersteren gibt es bei uns auf dem Dorf natürlich eine ganze Menge.

»Wo hast du denn gesucht?«, fragte ich Hummel, als wir durch das Gartentor gingen.

»Überall«, schluchzte er. Wenn es um Tiere geht hat Hummel einfach ein riesengroßes Herz und Bella ist sein Ein und Alles.

»Geht's auch genauer?«, brummte Jo. Er hatte offensichtlich keine große Lust, nach dem Hund zu suchen, wollte sich aber auch nicht zu Hause langweilen.

Hummel zählte auf, wo er nachgesehen hatte. Unterdessen waren wir schon auf dem Feldweg, der in den Wald auf dem Hügel führt. Dort ging die große Gassirunde entlang. Wir folgten dem Weg, bis er sich zweigte. Die eine Abbiegung geht nach links wieder hinunter ins Dorf, die andere läuft den Hügel hinauf durch den Hochwald bis auf die Felder. Ganz am Ende mündet er dann in die Schnellstraße, aber das ist ganz schön weit.

»Wollen wir uns trennen?«, schlug ich vor, damit wir Bella schneller finden konnten.

Aber Jo schüttelte den Kopf. »Das ist heute schon mal schiefgegangen«, gab er zu bedenken.

Mir wurde schon wieder ganz heiß vor Scham bei der Erinnerung an das Emmi-Luca-Gespräch. »Okay, also, wohin gehen wir dann jetzt?« Ich konnte nichts dafür, dass meine Stimme mega genervt klang.

»In den Wald«, schniefte Hummel. »Bella liebt den Waldweg.«

Wir folgten also dem Weg in den Wald. Zum Glück hatte es in der vergangenen Nacht geregnet und so entdeckten wir nach kurzer Zeit Spuren im Matsch einer halb vertrockneten Pfütze.

»Bella!«, brüllte Hummel.

Ich zuckte zusammen, fing aber auch gleich an, hektisch mit der Leckerlibox zu klappern. Zu Hause hilft das immer, um Bella anzulocken. Leider passierte gar nichts.

Wir liefen weiter, jetzt mit schnelleren Schritten.

Jo keuchte ein bisschen. Er hat Asthma und kommt rasch aus der Puste. »Bella!«, rief er trotzdem unbeirrt. »Bella!«

Plötzlich blieb Hummel stehen und bückte sich. »Wartet mal!«, sagte er aufgeregt. Er zeigte auf eine Spur von umgeknickten Zweigen und platt gedrücktem Gras. »Sieht aus, als wäre hier jemand in den Wald abgebogen, oder?«

Jo und ich kamen zurück und sahen uns die Sache an.

»Hier ist auch ein bisschen Fell«, stellte Jo fest und zog einige hellbraune Haare von einem Ast ab.

»Das war sie!« Hummel nickte überzeugt und sprang sofort in die Bresche.

Mir blieb nichts anderes übrig, als meinen beiden kleinen Brüdern zu folgen. Der blöde grüne Rock, den ich trug, blieb ständig an irgendwelchen Brombeerzweigen hängen. Ich schwor mir, ihn nie wieder anzuziehen.

Nach einer anstrengenden Jagd durch das Unterholz standen wir auf einmal vor einer Wiese.

»Wo sind wir überhaupt?«, fragte Jo und kratzte sich verwirrt am Kopf.

Wir waren zwar oft im Wald, aber wir spielten lieber in einem anderen Teil. Dort, wo die Felsen waren und man gut klettern konnte. Trotzdem wusste ich, wo wir uns befanden.

»Dahinten ist der Winterteich«, klärte ich die Jungen auf. Mit dem Finger zeigte ich in die Richtung, die ich meinte.

»Winterteich?« Hummel tat, als hätte er noch nie davon gehört. Das konnte sogar sein, denn er war noch zu klein für unsere Skitouren. Jo und er fuhren im Winter nur den steilen Hang neben der Kirche hinunter. Mich hatten Sam und Sofi letztes Jahr zum ersten Mal mit auf eine Langlauftour genommen. Und die führte am Winterteich vorbei.

»Keine Ahnung, ob der wirklich so heißt«, gab ich zu und wir gingen weiter.

Ich dachte gerade darüber nach, was Sofi mir damals gesagt hatte: nämlich, dass ich niemandem erzählen darf, was wir gemacht haben. Jedes Baby weiß, dass man nie, wirklich niemals auf gefrorene Gewässer gehen darf, dic nicht von der Feuerwehr auf Festigkeit geprüft worden sind. Aber Sam und Sofi hatten einfach ihre Skier abgeschnallt und waren auf der glatten Eisdecke herumgeschlittert. Weil der Winter sehr lang und sehr kalt war, sah das Eis extrem dick aus. Ich hatte trotzdem die ganze Zeit Angst, dass etwas passieren könnte.

Ein Geräusch holte mich aus meinen Gedanken in die Wirklichkeit zurück.

»Habt ihr das gehört?«, japste Hummel und fing an zu rennen. »Das war Bella!«

Wieder rief er ihren Namen und ein verzweifeltes Winseln war die Antwort. Wir jagten alle drei über die Wiese auf den Teich zu.

Dort, in einem dornigen Gebüsch, lag Bella und jaulte.

»Jetzt wird alles gut«, sagte Hummel beruhigend und ging neben ihr auf die Knie. Bella schleckte ihm glücklich über die Hand. Dann winselte sie wieder.

»Was ist denn los mit ihr?« Jo versuchte einen Ast beiseitezuschieben. Bella jaulte auf. »Vorsicht, sie hängt fest!«, warnte ich und griff schnell ein.

Gemeinsam befreiten wir Bellas Fell aus dem Dornengestrüpp und sie gab einen freudigen Kläffer von sich, bevor sie eifrig über Hummels Gesicht leckte.

»Puh, bin ich froh, dass wir sie gefunden haben!«, stöhnte ich.

Dann fiel mein Blick auf den Teich. Ich gab Jo einen Stoß in die Rippen. »Guckt mal!«, brachte ich heraus, bevor ich den Kloß in meinem Hals herunterschlucken musste.

»Und ich dachte, das wäre nur am Meer so«, sagte Jo genauso erschrocken.

Dann stieß Hummel einen entsetzten Schrei aus.

Das Verbrechen

Jo und ich hatten einen ganzen Haufen Abfall entdeckt, der ganz in der Nähe am Seeufer lag. Auch im Wasser schwammen Flaschen und Verpackungen. Ich konnte mich nicht erinnern, im Winter etwas davon gesehen zu haben. Aber da hatte ja auch Schnee gelegen. Da schrie Hummel: »Bella blutet!«

Und wirklich, an Bellas linkem Hinterlauf klebte dunkles Blut.

»Hat sie sich an dem Busch aufgeratscht?«, fragte Jo.

Wir beugten uns alle drei zu dem Hund hinunter. Bella ließ sich ruhig anschauen.

»Das sieht nicht nach einem Dornenkratzer aus«, stellte ich fest.

Die Wunde war großflächiger. Irgendwie so, als hätte sie sich an einem schweren Gegenstand gestoßen. Jetzt fiel uns auch auf, dass sie zwar mit dem Schwanz wedelte und sichtlich erleichtert war – aber sie sprang nicht an uns hoch, sondern legte sich gleich wieder auf den Boden.

»Was ist nur mit dir passiert?«, raunte Hummel Bella ins Ohr.

Wie blöd, dass Tiere nicht reden können. Wir hockten alle drei um die Hündin herum und grübelten, wie sie in diese missliche Lage gekommen sein könnte.

»Glaubst du, sie kann laufen?«, fragte ich nach einer Weile.

Hummel sah immer noch ganz bestürzt aus und redete leise auf Bella ein. Er hob den Blick und sah mich an. »Wir müssen es versuchen«, gab er zurück.

Dann stand er auf und ging ein paar Schritte. Bella stemmte sich wieder auf ihre Hinterläufe und schaffte es schließlich, richtig zu stehen. Sie versuchte, Hummel zu folgen. Wir atmeten erleichtert auf: Es ging, auch wenn ihr verletztes Bein bei jedem Schritt einknickte.

Langsam überquerten wir die Wiese.

Ich knabberte schon wieder an meiner Lippe. Dass Bella weggelaufen war, war schon seltsam genug. Sie stromerte zwar manchmal auf der Dorfstraße oder auf den Feldwegen hinter dem Haus herum, aber so weit war sie noch nie weg gewesen.

Es dauerte ewig, bis wir überhaupt erst einmal den Waldweg erreichten. Dort blieb Bella plötzlich wie angewurzelt stehen. Als Hummel sie rief und zu sich locken wollte, senkte sie den Kopf, klemmte den Schwanz ein und winselte. Hummel ging zu ihr und streichelte sie. Er versuchte, Seite an Seite mit ihr auf den Weg zu treten, aber Bella stemmte die Beine in den Boden und machte keinen einzigen Schritt.

Jo drängte sich an ihr vorbei und sah den Weg hinunter. »Hier ist doch keiner«, brummelte er ungeduldig. »Nicht mal eine Kuh, die dich erschrecken könnte!«

Da machte es in meinem Kopf klick.

»Jetzt vielleicht nicht!«, rief ich aufgeregt. »Aber vorhin. Bestimmt hat sie etwas erlebt, was sie dazu gebracht hat wegzulaufen. Nur was?«

Hummel berührte vorsichtig das verletzte Bein. »Hat dich jemand geschlagen?«, fragte er mit großen Augen.

Bella schmiegte sich an ihn, wollte den Weg aber immer noch nicht betreten.

»Es kann auch sein, dass sie einfach zu große Schmerzen hat, um weiterzugehen«, gab Jo zu bedenken.

Ich fand, dass es eher so aussah, als würde Bella sich vor irgendetwas schrecklich fürchten.

Jo schlug vor: »Ich könnte doch nach Hause laufen und Papa bitten, Bella mit dem Auto abzuholen.«

»Gute Idee«, stimmte Hummel zu.

Er nahm Bella an die Leine – nur zur Sicherheit, weil wir ja an einem Weg waren und Bella Angst vor großen Autos hatte.

Er ließ zu, dass Bella ihren Kopf in seinen Schoß legte und sagte: »Ihr könnt ruhig alle beide gehen. Wir warten hier.«

»Einverstanden.«

Jo und ich machten uns mit schnellen Schritten auf den Heimweg.

Aber schon nach ein paar Metern stutzte Jo. »Guck mal, Emmi.« Er deutete mit dem Finger auf den Boden. »Das ist doch Blut, oder?« Wirklich, im Staub des Weges war eine getrocknete Blutspur zu erkennen.

»Die haben wir vorhin übersehen.« Meine Stimme zitterte ein bisschen.

Das war unheimlich. Gut, wahrscheinlich stammte das Blut von Bella, aber sicher war das nicht. Was, wenn sich jemand hier im Wald herumtrieb, der Böses im Sinn hatte?

Jo schien sich nicht ganz so gruselige Gedanken zu machen. Er hat einen Sinn fürs Praktische, während ich eher zur Dramatik neige.

»Und hier sind Reifenspuren.« Er lief jetzt in Sachen Detektivarbeit zur Hochform auf.

»Ein Unfall?«, vermutete ich. Ja, manchmal dauert es bei mir, bis sich die Puzzleteile im Kopf zusammenfügen.

»Das könnte erklären, warum Bella so verstört ist«, behauptete Jo, der sich wohl wie ein richtiger Polizist fühlte.

»Bella ist so vor sich hin getrottet. Macht sie ja manchmal, und bestimmt war ihr zu Hause langweilig, weil wir alle weg waren.«

Ich kräuselte die Lippen, weil ich genau merkte,

wie vorwurfsvoll er mich anschaute. »Dann kam ein Auto und hat sie erschreckt.«

»Und sie ist aus lauter Panik vor den Wagen gesprungen?«, vermutete ich.

Jo nickte. »Dann ist sie vor Angst und Schmerz in den Wald gelaufen.«

»Bis zum Teich?«

Jo zuckte mit den Schultern. »Sieht so aus.«

Es klang immer noch alles nicht so ganz schlüssig. Dass Bella mit ihrer Verletzung freiwillig so weit von unserem Haus weggelaufen sein sollte, erschien mir seltsam. Aber es war zumindest eine einigermaßen logische Vermutung.

»Jetzt schnell zu Papa«, erinnerte ich meinen Bruder an unseren Auftrag.

So schnell wir konnten, rannten wir zum Hof und gaben Papa Bescheid. Der ließ uns alle in den Kleinbus steigen und fuhr gleich los. Mama war schließlich mit dem anderen Wagen unterwegs.

»Hoffentlich bekommt Bella nicht wieder Panik, wenn wir mit dem Bus kommen«, sprach ich meine Befürchtung aus.

Aber Hummel hatte natürlich daran gedacht. Er

hielt die Hündin an der kurzen Leine und drückte sie sanft an sich, als wir uns näherten. Ich bat Papa, mit ganz viel Abstand vor ihnen zu halten, um Bella nicht unnötig aufzuregen. Es war immer noch schwierig genug, sie dazu zu bewegen, ins Auto zu steigen. Papa und Hummel brachten es aber schließlich fertig.

»Wir müssen zum Tierarzt«, stellte Papa fest, als Bella glücklich hinten untergebracht war. Der hatte am Samstagnachmittag natürlich keine

Sprechstunde. Aber wir wohnen, wie du weißt, auf dem Dorf. Weil hier zu jeder Tages- und Nachtzeit Kälbchen oder Lämmer geboren werden, hat der Arzt eine Notrufnummer. Die wählte Papa jetzt.

»Es sieht aus, als wäre sie angefahren worden, aber wir sind uns nicht sicher«, hörte ich ihn kurz darauf sagen.

Hummel, Jo und ich lauschten gespannt. Hoffentlich durften wir sofort kommen.

»Oh«, machte Papa jetzt und dann sagte er: »Die Polizei? Ja, das stimmt. In Ordnung. Ja, gut. Bis dann und vielen Dank.«

Wir saßen da wie elektrisiert. Was hatte es denn nun mit der Polizei auf sich?

»Hört zu, Kinder«, begann Papa zu erklären, während er eine neue Nummer wählte. »Doktor Grund meint, wir müssen Anzeige erstatten, wenn wir vermuten, dass Bella angefahren wurde. Er ist der Meinung, dass es ebenso Fahrerflucht ist, wenn man einen Hund verletzt, wie wenn man einen Menschen erwischt hätte.«

Ich schnappte nach Luft.

Hummel nickte heftig. »Das finde ich auch!«, stimmte er mit funkelnden Augen zu.

Dann hörten wir, wie Papa der Polizei erklärte, was wir vermuteten.

Als er fertig war, sagte er zufrieden: »Sie schicken einen Streifenwagen.« Und nach einer kurzen Pause fügte er hinzu: »Hoffentlich haben wir nicht schon alle Spuren zerstört.«

Das war mein Stichwort. Ich hatte darauf geachtet, dass wir vorhin weit vor der Stelle anhielten, an der wir das Blut entdeckt hatten.

»Bitte, Papa, darf ich hier auf die Polizei warten? Die brauchen doch bestimmt Zeugen …«

»Wart ihr denn dabei, als es passiert ist?«, fragte Papa kritisch.

Ich schüttelte den Kopf. »Aber wir haben Bella gefunden und die Spuren entdeckt. Und ich kann aufpassen, dass niemand hier entlangfährt, bis die Polizei kommt!«

Mein Vater überlegte. Ich glaube, er machte sich Sorgen um mich.

»Na gut, pass auf«, willigte er schließlich ein. »Wenn Jo auch hier wartet, dann ist das okay. Ich schicke noch Sam zu euch. Mit ihm werdet ihr vielleicht nicht so nervös, wenn die Polizei kommt.«

Jo und ich wechselten einen empörten Blick, sagten aber lieber nichts.

»Hummel und ich bringen Bella zum Arzt. Wir treffen uns dann zu Hause wieder.«

Ich nickte eifrig und kletterte aus dem Bus. Dann brauste Papa mit unserer felligen Patientin davon.

Jo und ich, wir hockten uns ins Gras und warteten.

Der Fremde

Aber das war nicht das einzige Ereignis an diesem Nachmittag. Während wir im Wald warteten und Papa mit Bella beim Arzt war, klingelte jemand an unserer Haustür. Natürlich bekam ich davon nichts mit. Auch Sam war schon auf dem Weg zu uns und konnte deshalb nicht öffnen. Aber zum Glück – oder Unglück – war Sofi wieder zu Hause. Sie hockte in ihrem Zimmer, hörte Musik und zeichnete, als die Türglocke läutete. Ungefähr nach dem dritten Versuch des Fremden bekam sie es mit.

Sofi hasst es, wenn jemand zu uns kommt, während sie allein zu Hause ist. Sie mag es nicht, mit Unbekannten zu reden. Und dieser Typ sah auch noch ziemlich außergewöhnlich aus. Er trug eine Kappe und um seinen Hals hing ein riesiger Fotoapparat. In der Hand hielt er ein Tablet und in der anderen einen kleinen Lederkoffer.

»Frau Himmelweit?«, sagte der Mann, als

Sofi endlich die Tür öffnete. Doch gleich darauf räusperte er sich und begann, schleimig zu lächeln, als er seinen Irrtum bemerkte. »Verzeihung, *Fräulein* Himmelweit«, verbesserte er sich rasch.

Sofi verdrehte innerlich die Augen.

»Sind Ihre Eltern zu Hause?«

»Gerade nicht«, brummte Sofi unwillig. Was wollte der Typ hier? Hoffentlich wurde sie ihn schnell wieder los.

Der Mann hakte nach: »Wann sind sie denn zurück zu erwarten?«

»Keine Ahnung«, nuschelte Sofi, deren Wangen schon brannten vor lauter Unwohlsein. Da fiel ihr ein, dass Lanys Training seit einer halben Stunde zu Ende war. »Eigentlich müsste meine Mutter jeden Moment kommen«, ergänzte sie hastig.

Der Mann strahlte zufrieden. »Dann warte ich hier.«

Mit einer Selbstverständlichkeit, die Sofi glatt sprachlos machte, legte er Aktenkoffer und Tablet auf den Tisch neben der Haustür im Hof und setzte sich gemütlich in einen der Korbstühle.

Vermutlich denkt er, dass ich ihm gleich noch einen Kaffee anbiete. Sofi schnaubte innerlich, wusste aber nicht, was sie tun sollte.

»Gut, also dann ...« murmelte sie unschlüssig. Dann machte sie die Haustür zu und flüchtete in ihr Zimmer. Aus der sicheren Position hinter ihrer Gardine beobachtete sie den komischen Vogel. Sie hielt ihr Handy unauffällig an die Scheibe und machte ein Foto.

Da sitzt jemand auf unserem Hof und will mit dir reden, schrieb sie an Mama. Und gleich auch noch an Papa. Dann machte sie es sich so bequem wie möglich auf ihrem Beobachtungsposten und wartete ab.

Mama kam nach siebzehneinhalb Minuten Wartezeit.

Sofi sah, wie Lany aus dem Wagen hüpfte, ihren Turnbeutel auf die Treppe vor der Haustür warf und in der Scheune verschwand. Zu den Katzenbabys natürlich.

Mama schloss das Auto ab und ging auf den Mann zu, der schon aufgesprungen war, während sie einparkte. Sie lächelte und schüttelte ihm die

Hand, als würde sie ihn kennen. Dann redeten sie miteinander und Mama lachte noch ein bisschen mehr.

Er zeigte ihr etwas auf seinem Tablet. Gemeinsam beugten sie die Köpfe über das Display. Sofi glühte vor Wut. Wer war das? Und warum fand Mama ihn auch noch witzig?

Schließlich holte der Typ einige Blätter aus seinem angeberischen Aktentäschchen. Mama las sie durch und nahm den angebotenen Kuli, um schwungvoll zu unterschreiben. Der Mann packte alles wieder in seine Mappe, dann umarmte er Mama (Sofi konnte gar nicht hinsehen, so sauer war sie) und ging mit beschwingtem Schritt vom Hof.

Mama rief nach Lany und verschwand in der Wohnung.

* * *

Wir – Jo, Sam und ich – saßen derweil im Wald und warteten auf die Polizei. Wir warteten und warteten und warteten. Es war zuerst aufregend, dann todlangweilig und schließlich wieder nervenaufreibend aufregend. Wann kamen die endlich? Was sollten wir machen, wenn in der Zwischenzeit ein anderes Auto kommen sollte? Es würde die Spuren verwischen, und das durfte auf keinen Fall passieren. Während wir dasaßen und die Minuten sich wie Kaugummi in die Länge zogen, erzählten wir Sam, was wir erlebt hatten. Er hörte aufmerksam zu.

»Fahrerflucht kann richtig teuer werden«, sagte er nickend, als wir geendet hatten. »Ich hab da mal ein Video gesehen, da musste jemand über dreitausend Euro blechen.«

Jo pfiff anerkennend. »Aber da ging es bestimmt nicht um einen Hund.«

Wir redeten noch ein wenig darüber, dass ein Hund ja wohl auf jeden Fall mindestens genauso viel wert war wie ein angekratztes Auto. Dann näherte sich – endlich! – ein Fahrzeug.

Gespannt sprangen Jo und ich auf. Sam blieb sitzen, weil es für einen Fünfzehnjährigen uncool ist aufzuspringen.

Jo war ein bisschen enttäuscht, dass das Polizeiauto nicht einmal Blaulicht an hatte. Es kam ganz gechillt den Weg heraufgerollt. Ich schätze, es sah etwas peinlich aus, wie ich wild mit den Armen winkte. Aber man macht eben manchmal peinliche Dinge, ohne es verhindern zu können. Man merkt nämlich erst hinterher, was man da für eine Figur abgegeben hat. Zumindest geht es mir so, und ehrlich gesagt, es ist mir auch egal, wenn du das jemandem weitersagst. Mama behauptet nämlich, dass das ganz normal ist.

Jedenfalls hielt das Polizeiauto an. Zwei Männer in Uniform stiegen aus. Leider ohne Dienstmützen. Mit wäre aufregender gewesen.

Sie stiegen aus und kamen auf uns zu.

»Seid ihr die Kinder, denen der Hund gehört?«, fragte der eine.

Ganz unprofessionell, wie ich fand. Hätte er die Frage nicht anders formulieren können? Ich meine, jedes beliebige Kind hätte dazu Ja sagen können, selbst wenn es nur ein Meerschweinchen besaß. Und schon wären die Polizisten auf der falschen Spur!

Wir nickten aber. In meinem Hals steckte ein

mittelgroßer Frosch, weil ich nicht so oft mit der Polizei zu tun habe.

»Guten Tag.« Sam war der Einzige, der einen kühlen Kopf bewahrte. »Samuel Himmelweit. Das sind meine Geschwister, Johann und Emilia. Die beiden haben unseren Hund im Wald gefunden.«

»Also eigentlich war das Hummel!«

Jos Einwurf brachte den einen Polizisten dazu, die Stirn zu runzeln. Der andere sah uns gar nicht an, sondern betrachtete schon den Boden um sich herum.

»Die Spuren sind dahinten!«, beeilte ich mich zu sagen.

Leider beachtete der Mann mich nicht. Das war so typisch! Manchmal vermute ich, dass ich in bestimmten Situationen unsichtbar werde. Leider nie in den richtigen. Vorhin mit Luca, da wäre es hilfreich gewesen. Es passiert aber immer nur zu anderen Anlässen. Zum Beispiel, wenn wir auf einer Feier Familienfotos machen. Ich sitze irgendwo mit einem Buch, weil ich die Gespräche am Tisch langweilig finde. Die anderen vergessen, mir Bescheid zu geben, und dann bin ich als Einzige nicht auf dem Bild. Alles schon vorgekommen.

Aber jetzt, in diesem Moment auf dem Waldweg, wollte ich wahrgenommen werden. Es ging schließlich um Bella. »Ein paar Meter weiter vorn ist Blut auf dem Boden«, erklärte ich beharrlich. »Und dann haben wir auch Spuren von Bella ...«

Der Polizist winkte ab. »Immer mit der Ruhe. Ihr könnt meinem Kollegen alles erzählen. Ich schaue mich selbst um.« Mit einem hochmütigen Gesichtsausdruck wandte er sich ab.

Angeber. Wahrscheinlich mochte er keine Kinder.

Zum Glück war der andere netter. Er hörte sich die ganze Geschichte von unserer Suche nach Bella an. Zwischendurch nickte er manchmal verstehend oder ließ ein anerkennendes Brummen hören.

»Ich fasse das mal zusammen«, sagte er schließlich und tippte etwas in sein Handy. »Euer Hund, ein weiblicher Golden Retriever mit goldbraunem Fell, wurde von euch gegen sechzehn Uhr im Wald gefunden ...«

»Am Winterteich«, ergänzte ich eifrig.

Mit gerunzelter Stirn tippte der Polizist weiter. »Du meinst wahrscheinlich den alten Mühlteich, der liegt hier in der Nähe.«

Ich zuckte die Achseln. »Kann sein, dass der so heißt«, gab ich zu.

»Der Hund ist am Hinterlauf verletzt …«

»Und Papa ist mit ihm beim Tierarzt.« Das kam von Jo, der auf Zehenspitzen vor dem Polizisten stand und versuchte, auf dessen Display zu schielen.

»Bremsspuren auf dem Weg legen nahe, dass der Hund von einem Fahrzeug angefahren wurde«, murmelte der Beamte, während er auch das notierte.

Jo und ich nickten eifrig.

Sam hatte sich derweil neben den anderen Typen gestellt, der sich wichtigtuerisch umsah. Immerhin machte er auch Fotos von den Brems- und Blutspuren. Das stimmte mich etwas zufriedener.

Mutig trat ich an ihn heran. »Oben am Teich haben wir außerdem entdeckt, dass …«, setzte ich an. Ich wollte ihm von dem Müll erzählen, aber der Mann winkte ab.

»Was am Teich los ist, interessiert mich nicht!«, blaffte er. »Es sei denn, da läge eine Leiche.« Ich sog erschrocken die Luft ein. Offensichtlich fand dieser Typ seinen Job als Dorfpolizist nicht spannend genug. Augen auf bei der Berufswahl, sage ich da nur. Das weiß doch jedes Baby, dass man nicht gleich als Tatortkommissar eingesetzt wird, wenn man die Polizeiausbildung geschafft hat. Wütend funkelte ich den Mann an, aber der würdigte mich sowieso keines Blickes.

»Gut, das war's«, stellte sein älterer Kollege fest. »Holen wir uns noch die Informationen vom Tierarzt, dann kann es weitergehen. Tschüss, Kinder. Wir tun unser Bestes, um herauszufinden, was eurem Hund passiert ist.«

Jo nickte, aber ich hatte nur Augen für die gelangweilte Miene des anderen Beamten.

»So ein Stress wegen eines Köters«, brummelte der eingebildete Typ, und ich kochte vor Wut.

»Bella ist kein Köter!«, fauchte ich. Aber genau in diesem Moment knallte der Polizist die Autotür zu.

Jo, Sam und ich sahen dem Wagen mit einem

unzufriedenen Gefühl in der Magengegend nach, der brausend in einer Staubwolke verschwand. Keiner von uns glaubte, dass die beiden wirklich ermitteln würden, wer Bella angefahren hatte. Bestimmt verschwand der Fall in einem Stapel unbearbeiteter Akten und wurde nie mehr angerührt.

»Lag dieser Müll eigentlich schon die ganze Zeit hier herum?«, fragte Sam, als das Polizeiauto verschwunden war.

Ich folgte seinem Blick. Am Straßenrand lag ein aufgerissener Plastiksack, aus dem jede Menge Verpackungsreste quollen. Er war grau und leicht durchsichtig. Eigentlich ungewöhnlich, dachte ich. Die Müllsäcke, die man überall kaufen konnte, waren durchsichtig, gelb, grün oder vielleicht noch rosafarben. Ich hatte noch nie hellgraue Müllsäcke gesehen.

Jo zuckte mit den Schultern, als ich ihn darauf hinwies. Er hatte genug von den Aufregungen des Tages und wollte nach Hause, um zu chillen. Bei mir dagegen begann ein Glöckchen zu klingeln. Im Grunde meines Herzens bin ich eine Detektivin. Früher hatten meine beste Freundin Hanna, unser damaliger Kumpel Leon und ich mal eine Bande. Wir nannten uns *Die drei Spürnasen*, aber leider gab es nie einen spannenden Fall, den wir hätten lösen können. Jedenfalls fand ich an diesem Tag, als wir dort auf dem Waldweg standen, die Mülltüte schon sehr verdächtig und war etwas enttäuscht, dass meine beiden Brüder keine Lust mehr hatten weiterzuforschen.

»Ist ja eigentlich auch egal«, stellte Sam fest und trat mit dem Fuß gegen den Müllsack. »Ich finde es nur bescheuert, wenn Leute ihren Abfall in die Natur werfen. Wer macht denn so was?«

»Vor allem, weil hier draußen weit und breit kein Haus ist. Also muss derjenige extra hierhin gefahren sein. Und hinten am Winterteich war auch …«

»Hör mal auf jetzt, Emmi«, schnitt Jo mir das Wort ab. »Du mit deiner Petition und so. Du siehst doch gerade überall nur Müll und Verbrechen.«

Beleidigt riss ich einen langen Grashalm vom Wegrand und knabberte daran herum. Brüder! Wozu waren die eigentlich gut? Die versauten einem nur das Leben … Dann fiel mir ein, dass

Hummel und Jo viel mehr Unterschriften für meine Petition gesammelt hatten als ich. Das machte mich noch ein bisschen wütender, denn damit kamen auch die Gedanken an meine Luca-Pleite zurück. Ich ließ meine Brüder vorangehen und trottete mit vor nachträglichem Schämen hochrotem Kopf hinter ihnen her nach Hause.

Hauptsache, ich musste heute niemanden mehr sehen. Ich brauchte Zeit, um meine Gedanken zu sortieren und zu überlegen, ob ich die Welt wirklich noch retten wollte. Mir war vorher nicht bewusst gewesen, wie schwierig sich so was gestalten konnte.

Der Hühnerprinz

Leider war der Tag der Petition, wie ich ihn seither immer nenne, nach der Sache mit der Polizei immer noch nicht zu Ende. Mein Plan war gewesen, mich zu Hause direkt in meinem Zimmer zu verkriechen. Ich wollte nur zum Abendessen noch mal hervorkommen. Und, natürlich, erfahren, wie es Bella ging. Aber in der Diele fing Sofi mich ab.

»Hühnerstall!«, blökte sie. Mit in die Hüften gestemmten Fäusten versperrte sie mir den Aufgang zur Treppe.

Ich hasse es, wenn sie so was macht. Ich hasse es, wie ein kleines Kind behandelt zu werden. Und es regt mich mega auf, wenn meine Geschwister denken, mich an meine Pflichten erinnern zu müssen. Als ob ich nicht selber wüsste, dass heute Samstag war und ich den Hühnerstall sauber machen musste! Na gut, ich hatte es wirklich vergessen. Aber es wäre mir schon noch eingefallen. Außerdem konnte man so was auch freundlich sagen!

Völlig entnervt stapfte ich auf mein Zimmer, um mich umzuziehen. Ich schleuderte das T-Shirt in die Ecke und riss den Zopfgummi aus meinen Haaren. Dass ich dabei direkt vor meinem Spiegel stand, war nicht hilfreich. Ich steckte meinem Spiegelbild die Zunge heraus. Dieses spindeldürre, sommersprossige Mädchen mit der blonden, ewig verwuschelten Frisur. Luca würde sie nie hübsch finden. Und dann noch der grüne Rock. Ich sah aus wie Ronja Räubertochter, nur nicht so aufregend abenteuerlich. Wütend bündelte ich die blonden Strähnen zu einem festen Dutt. Dann streifte ich ein altes Shirt über, denn im Hühnerstall wurde alles schmutzig. Den grünen Rock ließ ich an. Heute Abend würde ich ihn direkt in den Mülleimer werfen.

Ich schaufelte gerade stinkende Mistgabeln voller Stroh und Hühnerkacke auf eine Schubkarre, als Papa mit Hummel und Bella zurückkehrte.

»Wie geht es Bella?«, rief ich und ließ die Gabel fallen. Ich wollte aus dem Hühnerhaus springen, rutschte aber auf dem schmierigen Boden aus.

»Du musst das Haus heute noch mit dem

Schlauch ausspülen«, merkte Mama hilfreich an, die in diesem Moment gerade aus dem Garten zurückkam und meinen Abgang von Weitem gesehen hatte. Sie stieg auf die Leiter und reichte mir die Hand, um mir aufzuhelfen.

Obwohl mir der Hintern nur ein kleines bisschen wehtat, schnaubte ich wütend. Toll, mein Rock war am Po komplett verdreckt. Auch wenn ich ja sowieso vorhatte, ihn wegzuschmeißen, will ja wohl niemand auch nur für eine Minute so rumlaufen! Hühnerkacke ist so ziemlich das Ekligste, was ich mir vorstellen kann.

Nachdem ich mich halbwegs gesammelt hatte, kam Hummel zum Hühnerhaus geschlendert.

»Bella muss sich in den nächsten Tagen ausruhen«, erklärte er mir stolz. Ich kletterte nach unten und ging mit meinem kleinen Bruder zum Auto.

Papa öffnete den Kofferraum.

Hummel zupfte an meinem Shirt. »Hilf mir mal, wir müssen ein Brett holen, damit Bella besser aussteigen kann.« Normalerweise sprang sie immer einfach auf den Boden, aber das war ja jetzt wohl nicht möglich. Zum Glück fanden wir im Schuppen direkt ein geeignetes Brett und Bella kroch mit Papas Hilfe aus dem Auto.

»Sie hat eine schlimme Prellung und dazu noch eine Platzwunde am Oberschenkel«, erklärte Papa uns. Die anderen waren inzwischen auch aus dem Haus gekommen und wir standen als ganze Familie auf dem Hof um den Unglückshund herum.

Hummel ergänzte fröhlich: »Gebrochen hat sie sich aber zum Glück nichts. Ich werde sie pflegen.« Sein ganzes Gesicht strahlte, als er uns über den Rest des Plans in Kenntnis setzte: »Und ich darf mit ihr für die nächsten drei Tage unten im Wohnzimmer schlafen!«

»Okay.« Ich hatte genug gehört. Bella ging es so weit gut, also konnte ich jetzt den Hühnerstall hinter mich bringen und dann endlich in meinem Zimmer zu verschwinden.

Meine Familie verkrümelte sich in Haus und Garten.

Über den Himmelhof legte sich eine himmlische Stille.

Ich kippte eben die letzte Gabel Hühnerkackestroh auf die Karre, da hörte ich den Kies in der Einfahrt knirschen. Neugierig steckte ich den Kopf aus dem Hühnerstall. Als ich sah, wer sich da mit seinem Fahrrad auf unseren Hof verirrt hatte, wäre ich beinahe die Hühnerleiter heruntergefallen.

Luca sprang vom Rad und winkte zu mir herüber. »He, wie gut, dass ich dich gleich finde!« Er grinste und lehnte sein Fahrzeug an die Mauer der Scheune.

Ich versuchte, halbwegs ruhig zu atmen.

Vollkommen entspannt kam Luca zu mir geschlendert. Was machte er bloß hier?

»Was machst du denn hier?«, stammelte ich und machte den Fehler, mir eine Haarsträhne aus der Stirn zu streichen. Statt der Strähne zog sich jetzt ein fetter Streifen Hühnerkot über mein Gesicht. Mist.

»Deine Schwester hat heute Morgen etwas bei uns im Garten verloren«, sagte Luca lächelnd.

Sein Lächeln war so zauberhaft. Ich starrte ihn an, vermutlich mit offenem Mund. Er streckte mir eine kleine Ponyfigur entgegen, die tatsächlich Lany gehörte. Beinahe hätte ich zugegriffen, aber in letzter Sekunde fiel mir ein, in welchem Zustand sich meine Hände befanden.

»Stimmt, die gehört Lany«, brachte ich hervor. »Am besten stellst du sie hier auf den Holzklotz. Dann gebe ich sie ihr nachher zurück. Ich muss nur noch den Stall fertig machen ...« Ich warf einen gequälten Blick auf das dreckige Hühnerhaus, um mich für mein Erscheinungsbild zu entschuldigen.

Luca sah die voll beladene Schubkarre und setzte die Figur auf den Holzklotz. »Was dagegen, wenn ich dir helfe?«, fragte er und griff kurzerhand nach den Griffen der Karre.

Mir fiel nichts ein, was ich sagen könnte, außer: »Der Kompost ist dort hinten.«

Sprachlos sah ich zu, wie mein Traumprinz Mist über unseren Hof karrte. Passierte das hier gerade wirklich? Vor lauter Verwirrung strich ich mir gleich noch mal mit den Fingern übers Gesicht. Ich stolperte zur Scheune und zog den Wasserschlauch in Position. Nur noch ausspritzen, das Wasser rausschrubben und neue Einstreu einbringen.

Luca kam mit der leeren Schubkarre zurück und sah mir, immer noch lächelnd, beim Säubern zu. Ohne dass ich etwas gesagt hätte, nahm er mir dann den Schlauch ab und reichte den Schrubber herauf. »Ich würde dir ja auch beim Rest noch helfen«, sagte er dabei entschuldigend. »Aber ich muss leider pünktlich zu Hause sein. Hat mich gefreut, dich heute zu treffen!«

Ich sah ihn mit großen Augen an. »Mich auch ...«, hauchte ich.

Luca drehte sich um, lief über den Hof und schwang sich auf sein Rad. »Übrigens, ich mag deinen Rock«, rief er mir im Wegfahren noch zu. »Echt schöne Farbe!« Damit verschwand er hinter dem Torbogen.

Ich stand noch etwa zehn Minuten reglos am Eingang des Hühnerstalls. Dann riss mich das aufgeregte Gackern der Hennen aus meinen Gedanken. Der Stallboden war inzwischen getrocknet und ich beschloss, das mit dem Schrubben für heute gut sein zu lassen. Schnell streute ich frisches Stroh und Sägespäne ein, packte die Gerätschaften weg und ließ die Hühner zurück in ihr Reich.

Ehrlich, mein Gehirn fühlte sich völlig überlastet an. Das waren einfach zu viele Ereignisse gewesen heute. Ich brauchte dringend mein Zimmer, mein Bett und meine Ruhe.

»Da bist du ja, Emmi!« Papa kam, gefolgt von Hummel und Jo, aus der Haustür.

Was wollten die denn jetzt noch von mir?

»Der Stall ist sauber«, brummelte ich und wollte mich an den dreien vorbeidrücken. Aber Papa hielt mich fest.

»Nicht so eilig, junge Dame«, grinste er. »Ich brauche noch ein Foto von dir.«

»Wie bitte?!« Ich wollte mich losreißen, aber Papa gab mir schon einen kleinen Stubs. »Schnell, wasch dir dein Gesicht und komm zurück. Wir wollen doch deine Petition ins Netz bringen. Dafür brauche ich ein Bild von euch.«

Oh nein, auch das noch. Diese blöde Petition hatte ich schon fast vergessen. Konnte ich mich davor nicht einfach drücken? Ich hätte sagen können, dass es eine dumme Idee war. Wir hätten die ganze Umweltschutzsache in diesem Moment vergessen können. Was konnten wir drei Kinder denn schon bewirken? Aber dann sah ich Hummels glänzende Augen und Jos stolzes Gesicht. Ich konnte einfach keine Spielverderberschwester sein. Seufzend lief ich ins Haus und wusch mir die Hühnerkacke aus dem Gesicht. Kurz darauf lächelte ich, gemeinsam mit meinen Brüdern und Lany, schief in die Kamera. Sogar die tapfere Bella hatte sich von Hummel dazu holen lassen und eins der Hühner, die tagsüber frei auf dem Hof laufen dürfen, sprang mit ins Bild. Dieses Foto stellte Papa dann am Abend ins Internet. Sam und Mama hatten einen Text geschrieben, der unser Anliegen nochmal in klare Worte fasste.

Helfen Sie uns bitte, die Welt ein bisschen sauberer zu machen?, endete der leidenschaftliche Aufruf.

Vielen Dank! Ihre Emilia, Johann und Elias Himmelweit.

Ich hoffte, dass niemand jemals diese Petition ansehen würde.

Endlich Ferien!

Natürlich warf ich meinen grünen Rock nicht in den Mülleimer. Im Gegenteil, ich wusch ihn liebevoll per Hand aus und zog ihn gleich am nächsten Tag wieder an. Man konnte ja nie wissen, ob der Traumprinz nicht noch einmal vorbeischauen würde. Vielleicht hatte Lany noch mehr Pferde in seinem Garten verloren?

Aber der Sonntag ging ohne große Ereignisse vorüber.

Das Einzige, was mich wirklich überraschte, war der Gottesdienst.

Jetzt denkst du vielleicht, dass Kirche doch eigentlich ziemlich langweilig ist und das Wort »überraschen« auf keinen Fall zu dem Wort »Gottesdienst« passt. Ein klitzekleines bisschen würde ich dir da sogar zustimmen. Manchmal habe ich auch keine Lust, sonntags früh aufzustehen, um dann in der Kirche zu sitzen. Vor allem, seit ich zu alt bin, um in den Kindergottesdienst zu gehen.

Das bedeutet nämlich, dass ich nach dem ganzen Liedersingen und so, was eigentlich meistens ganz schön ist, dem Pfarrer bei seiner Predigt zuhören muss.

Also, ich will jetzt nicht fies sein, aber unser Pfarrer ist ein bisschen schlafmützig. Das nehme ich ihm nicht übel, denn er hat auch schon ganz schön viele graue Haare, also ist er vermutlich alt. Und wenn man jede Woche Leute beerdigen muss und solche Sachen, das schlaucht bestimmt. Außerdem stelle ich es mir recht schwierig vor, wenn man sich für jeden Sonntag was Neues ausdenken muss, was man den Leuten erzählt. Obwohl die Bibel ja dick ist und da viel drinsteht. Na ja, egal.

An diesem Sonntag passierte es jedenfalls zum ersten Mal, dass ich während der Predigt nicht in einen Tagtraum abdriftete. Also, am Anfang doch. Einfach aus Gewohnheit. Aber dann hörte ich plötzlich das Wort »Umweltschutz«. Moment mal, dachte ich, in der Bibel steht was von Umweltschutz?

Ich setzte mich ganz gerade hin und versuchte,

mich ausnahmsweise auf das zu konzentrieren, was der Pfarrer erzählte.

Es ging um Adam und Eva. Gott hat ja die Erde geschaffen (das steht ganz vorn in der Bibel und wir haben es in der Kinderstunde ungefähr tausend Mal besprochen). Dann hat er einen Garten angelegt und die ersten Menschen mitten reingesetzt. Mir gefällt die Vorstellung, dass Gott sich so viel Mühe für seine Menschen gegeben hat. Und ich beneide Adam und Eva ein bisschen darum, dass sie die Welt so ganz ohne Krieg und den ganzen Mist kennengelernt haben. Bis sie es sich selbst verdorben haben, aber darum geht's ja gerade nicht. Entschuldige, dass ich immer abschweife.

Der Pfarrer erzählte also noch mal, dass die Menschen da auf der frisch gemachten Erde lebten und glücklich waren. Gott besuchte sie auch immer mal in dem Garten.

Und dann kam das mit dem Umweltschutz wieder. Gott hat nämlich den Menschen gesagt, dass sie sich um die Erde kümmern sollen. Das wünscht er sich heute auch noch von uns, jedenfalls hat Pfarrer Schulz das so gesagt. Und für mich ergibt es Sinn.

Ich hatte vorher gar nicht weiter darüber nachgedacht, dass das mit der Petition vielleicht sogar so was wie ein göttlicher Auftrag sein könnte.

Hast du schon mal gedacht, der Pfarrer hätte extra nur für dich seine 30-Minuten-Predigt gehalten?

Also, mir ging es an diesem Sonntag so, und das war es, was mich überraschte.

Ich hatte das Gefühl, als würde Gott mir Mut machen, an der Sache dranzubleiben. So kam es, dass ich mir nun doch ein paar digitale Unterschriften für die Petition wünschte.

* * *

Am Montag brach die letzte Schulwoche an. Ich war nicht ganz so froh darüber, wie ich es eigentlich hätte sein müssen.

Erstens, weil es am Mittwoch Zeugnisse gab. Zeugnisse sind nicht so mein Ding, weil Schule nicht so mein Ding ist.

Zweitens, weil das bedeutete, dass ich nur noch drei Mal die Chance hatte, Luca zufällig auf dem Schulhof zu treffen.

Mein erster Blick am Montagmorgen galt dem Fahrradständer. Leider entdeckte ich sein Rad nicht und auch in den Pausen begegnete ich meinem Hühnerprinzen, wie ich ihn seit Samstag insgeheim nannte, nicht. Am Dienstag traf ich ihn kurz vor dem schwarzen Brett. Er grüßte mich sogar, aber dann verschwand er gleich wieder. Und dann kam der Mittwoch. Mein Zeugnis war so, wie ich es erwartete hatte: nicht richtig schlecht, aber auch nicht richtig gut. Ich packte den Bogen glatten weißen Papiers mit dem wichtigen Stempel in die Klarsichthülle meiner Zeugnismappe und atmete auf. Gleich durfte ich nach Hause gehen, und dann lagen sechs lange Wochen der Freiheit vor mir.

Die Glocke schellte und mit einem Mal spuckten die Türen der Klassenzimmer eine Unmenge lachender, laut quasselnder Kinder aus. In Windeseile verteilte sich die Schar auf Fahrräder und Schulbusse, und bald lag das große Schulgelände leer und verlassen da. Mein Schulbus kam als letzter. Ich lehnte mich zufrieden im Sitz zurück und malte mir aus, was ich in den nächsten Wochen alles machen würde.

Zuallererst würde ich meinen Schulrucksack ganz tief unter meinem Bett verstecken, beschloss ich. Vor dem Fenster flogen Bäume und grüne Wiesen vorbei. Dann würde ich endlich einmal wieder alle meine Lieblingsbücher draußen im Garten lesen. Der Bus bog auf die Hauptstraße ein. Ab und zu würde ich mit meinen Freunden zum Schwimmbad radeln. Und in den letzten beiden Ferienwochen würden wir dann alle unsere Sachen ins Auto packen und zum Campen nach Kroatien fahren. Träumerisch sah ich aus dem Fenster in den blauen wolkenlosen Himmel. Ich freute mich auf stinknormale, wenig ereignisreiche Ferien, in denen ich mich meinem liebsten Hobby ausführlich widmen konnte: dem Träumen.

Ein Quietschen, das Kreischen der anderen Kinder im Bus und ein hartes Nach-vorn-Geschleudertwerden rissen mich aus meinen Gedanken. Der Busfahrer fluchte laut.

»Schon mal was von Vorfahrt gehört?«, brüllte er.

Ich atmete tief durch, als der Bus zum Stehen kam. Ein silberner Pick-up, auf dessen Ladefläche hellgraue Säcke lagen, fuhr brausend davon.

Der Busfahrer rief ein »Geht es allen gut?« zu uns nach hinten.

»Alles okay«, antworteten ihm die Schüler.

Der Fahrer brummte: »Noch mal gut gegangen.«

Der Rest der Fahrt verlief ohne Zwischenfälle. Schließlich trabte ich gut gelaunt den Weg zum Himmelhof hinauf. Die Sonne brannte und ein leichter Wind spielte mit den Blättern der Linden. Ferien!

Ich hüpfte in den Hof und sah Mama, die im Garten Wäsche aufhängte. Mein zweiter Blick fiel auf die Zeitung, die auf dem Tisch neben der Haustür lag. Mama hatte ihre Kaffeetasse auf die aufgeschlagene Seite gestellt, damit der Wind sie nicht wegwehte. Beinahe hätte ich nicht näher hingesehen, aber da sprang mir die Überschrift ins Auge: *Einsatz für die Umwelt.*

Wie elektrisiert griff ich nach dem Blatt.

Ein Foto von Hummel und Jo prangte dort. Sie standen hinter einem klapprigen Tisch, umgeben von leeren Verpackungen. Jo, der ein ziemlich bedröppeltes Gesicht machte, hielt ein Schild in der Hand.

Ist doch nicht mein Müll! stand darauf.

Hummel hatte Feuer im Blick und erklärte offensichtlich gerade einer Frau, die nur von hinten zu sehen war, unsere Petition.

Eine von Emilia H. (12) initiierte Petition sorgte am Samstag in L. für Aufregung lautete die Bildunterschrift.

Ich schlug die Hände vor dem Gesicht zusammen. Wie war das denn passiert?

»Mama!«, rief ich entgeistert.

Mama dachte vermutlich, es sei etwas Schlimmes passiert (war es ja auch). Sie kam eilig aus dem Garten herüber.

»Guck mal, was heute in der Zeitung steht!«, jammerte ich und mir sprangen Tränen in die Augen.

Mama nahm mich in den Arm.

»Aber das ist doch schön«, meinte sie verwundert, während sie mir tröstend über das Haar strich.

Ich schüttelte den Kopf. »Woher haben die das Foto? Und warum dürfen die einfach darüber schreiben? Woher wissen die die Details? Ich meine, muss man nicht die Eltern um Erlaubnis fragen, bevor man so was veröffentlicht?«, wollte ich wissen.

»Am Samstagabend war der Reporter bei uns auf dem Hof.« Mama schmunzelte bei der Erinnerung daran. »Ich kenne ihn von früher. Wir waren in einer Klasse am Gymnasium, weißt du?«

Ich schnaubte. Als ob das ein Grund wäre, dem Typen zu vertrauen!

»Er hat mich gebeten, ihm ein paar Infos zu eurer Aktion zu geben. Aber er hätte auch ohne unsere Zustimmung darüber berichten dürfen. Schließlich haben Hummel und Jo das Ganze öffentlich gemacht.«

»Mama, diese Zeitung bekommt so ziemlich jede Familie in der ganzen Region!«, erklärte ich empört. »Hast du eine Ahnung, wie peinlich es ist, dass da mein Name steht? Hättest du mich nicht wenigstens warnen können?«

»Ich finde, es ist eine tolle Sache«, entgegnete meine Mutter. Sie schob mich sanft von sich und sah mir ins Gesicht. »Es tut mir leid, ich hab in all der Aufregung ganz vergessen, dir Bescheid zu geben. Aber du wolltest doch, dass viele Menschen auf die Sache aufmerksam werden, oder?«

Ich nickte und schüttelte gleichzeitig den Kopf. »Schon«, gab ich zurück. »Aber doch nicht so! Ich hab das alles nicht so richtig durchdacht.«

»Das kommt vor.« Mama lächelte verständnisvoll. »Aber mach dir keine Sorgen. Schauen wir einfach, wie es sich entwickelt. Vielleicht bist du bald richtig stolz auf euer Engagement.«

Ich biss auf meine Lippe. »Glaube ich nicht«, stellte ich fest. Die ganzen peinlichen Gefühle kamen wieder hoch. Außerdem würde Luca dieses Foto bestimmt sehen. Und dann würde er lesen, dass die Petition meine Idee gewesen war. Nicht die von Jo, wie ich es ihm erzählt hatte. Einer Lügnerin würde er sicher keinesfalls noch einmal beim Ausmisten des Hühnerstalls helfen, da war ich mir sicher. Mich tröstete nicht mal der Gedanke, dass dieser blöde Artikel dem göttlichen Auftrag helfen könnte. Die ganze gute Ferienstimmung war mit einem Schlag dahin. Wie betäubt stieg ich die Treppe zu meinem Zimmer hinauf. Den Schulrucksack ließ ich neben der Tür stehen. Ich ließ mich, so wie ich war, auf mein Bett fallen, zog die Decke über den Kopf und beschloss, bis zum Ende der Ferien nicht wieder hervorzukommen.

Bellas Geheimnis

Es war wieder Samstag, als Bella endlich ihr Krankenlager verließ. Hummel hatte sie während ihrer strengen »Bettruhe« gehütet. Stundenlang hatte er neben ihrem Korb auf dem Boden gesessen und ihr seine Kinderbücher vorgelesen.

An diesem Tag, den ich in meinem Tagebuch »Der Matschtag« genannt habe, knallte die Sonne schon am frühen Morgen. Seit Mittwoch hatte ich kein Wölkchen mehr am Himmel gesehen. Ich war zeitig wach, lange bevor Sam und Sofi aus dem Reich der Träume zurückkehrten. Auf nackten Füßen schlich ich die Treppe hinunter. Sogar Mama und Papa schliefen noch. Ein Blick auf die Uhr verriet mir, dass es gerade erst sieben Uhr sechzehn war.

Ich nahm mir eine Banane aus dem Obstkorb und ging nach draußen. Zufrieden öffnete ich das Hühnerhaus und gleich darauf liefen die Hühner auf dem Hof herum. Der Rosenstrauch summte von emsigen Bienchen. Ich setzte mich auf die Treppe und seufzte wohlig. Genau so hatte ich mir meine Ferien vorgestellt. Keine Aufregung. Glückliches Landleben und kein Gedanke an Petitionen und Umweltschutzdemos. Mist, jetzt dachte ich doch daran. Ich biss in meine Banane. Toll, die kam aus Afrika oder so – also ganz schlecht für meinen CO_2-Fußabdruck. In den letzten Tagen vor den Ferien hatten wir im Sachkundeunterricht darüber geredet. Die Südfrüchte und der Kakao wurden über Tausende von Kilometern zu uns nach Deutschland transportiert. Das war natürlich nicht gut für die Umwelt, weil dabei ganz viel Kraftstoff verbraucht wurde.

Ich sollte lieber Äpfel essen oder Erdbeeren. Die letzten Erdbeeren des Jahres wuchsen gerade noch in unserem Garten.

Weil ich jetzt sowieso über das Thema nachdachte, beschloss ich, eine Bestandsaufnahme zu machen. Was könnte ich heute essen, wenn es nur aus unserer Region kommen durfte? Mir fiel ein, dass in unserem Keller noch Äpfel aus dem Vorjahr lagerten. Sie waren schon ein bisschen schrumpelig, aber noch essbar. Auch Kartoffeln waren dort. Allerdings waren sie fast aufgebraucht. Dafür hatte ich im Frühjahr mit Papa, Sam und Jo neue Kartoffeln gelegt. Sie wurden in langen Reihen auf dem Acker vergraben. Jetzt wuchsen dort längst grüne Sträucher mit weißen Blüten. Ich wusste, dass sich unter der Erde gerade nun dicke Knollen bildeten, die wir Ende September ausgraben würden. Auf den Beeten drängten sich Karotten, Tomaten, Erbsen, Bohnen, Radieschen und Kohlrabi. Jetzt, im Frühsommer, gab es außerdem jede Menge leckere Früchte hier. An den Sträuchern hinter der Scheune hingen Stachel- und Johannisbeeren. Und im Wald fand man um diese Zeit Blaubeeren. In ein paar Wochen würden die Himbeeren reif sein und dann folgten die dicken schwarzen Brombeeren.

Hummel und ich hatten eine Lieblingsbrombeerhecke und ich schaute schon ab und zu nach, ob sie auch in diesem Jahr wieder reichlich Früchte tragen würde.

Ich lief barfuß durch den Garten. Hinten, neben dem Komposthaufen (dort, wo mein Hühnerprinz das Kackestroh abgeladen hatte), rankten sich Gurken- und Kürbispflanzen am Boden entlang. Und neben der Liegewiese, die wir »Bleichplan« nannten, standen vier Apfelbäume. Dann gab es noch einen Birnbaum, zwei Kirschbäume und einen riesigen Haselnussstrauch auf unserem Grundstück. Ich nickte zufrieden vor mich hin. Irgendwie war mir noch nie aufgefallen, wie viel Essen in unserem Garten zu finden ist.

Mama lässt oft die Nachbarn kommen, wenn es um die Ernte von Kirschen und Äpfeln geht. Sie ist der Meinung, dass wir nicht so viel brauchen und es auch gar nicht schaffen würden, alles zu verarbeiten. Aber die anderen Leute im Dorf haben selbst Obstbäume und am Ende sammeln wir zum Herbst hin dann doch körbeweise faule Äpfel von den Wiesen.

Während ich an diesem Morgen so über unser Grundstück schlenderte, reifte in meinem Kopf ein Plan heran: In diesem Jahr würde ich dafür sorgen, dass alles ordentlich geerntet und haltbar gemacht wurde. Ich wusste zwar noch nicht genau, wie ich das anstellen sollte. Und es klang nach viel Arbeit. Aber ich konnte doch nicht so viel Reichtum einfach verfallen lassen und mir dann Bananen kaufen!

Ich schlenderte zurück zum Hof, nicht ohne meine Bananenschale vorher feierlich auf den Hühnerprinzhaufen zu legen. Die Hühner gackerten und ich ging in die Scheune, um Futter zu holen.

»Gehst du mit Bella und mir Gassi?«, hörte ich Hummels Stimme vom Hauseingang her.

Ich drehte mich um. »Ich dachte, sie darf nur ein paar Schritte laufen?«, fragte ich.

Aber Hummel beugte sich zu Bella hinunter und sagte liebevoll: »Dir geht es wieder gut, stimmt's, Bella? Heute gehen wir wieder eine größere Runde, ja?« Die Hündin wedelte zustimmend mit dem Schwanz.

Ich nickte. »Gut, ich komme mit. Hole nur noch schnell die Eier aus dem Legekasten.«

Rasch schlüpfte ich ins Gehege und öffnete die

Boxen, die am Hühnerhaus angebracht waren. In drei von ihnen fand ich je ein Ei. Ich nahm die warmen Gelege heraus und brachte sie in den Korb, der eigens dafür in der Diele stand.

»Kann losgehen!« Schnell streifte ich mir noch meine Turnschuhe über.

Dann machten wir drei uns auf den Weg. Bella hinkte kein bisschen mehr. Glücklich schnüffelte sie an jedem Baum, schnappte spielerisch nach einer Fliege und pinkelte hingebungsvoll an den Wegrand.

»Wohin gehen wir denn?«, fragte ich Hummel.

Der machte Bella von der Leine los und lächelte. »Das darf sie entscheiden.«

Bella schüttelte sich fröhlich. Dann hob sie den Kopf und sah Hummel fragend an.

»Na los, lauf!«, ermutigte er sie.

Und Bella trottete los. Zielstrebig schlug sie den Weg ein, der zum Wald führte. Hummel und ich wechselten einen Blick.

»Sie geht dorthin zurück, wo der Unfall passiert ist«, stellte ich verwundert fest.

Bella hatte jetzt ein ziemliches Tempo drauf und

wir mussten beinahe rennen, um mit ihr Schritt zu halten.

»Was ist bloß mit ihr los?« Ich schnaufte. Dauerlauf war nicht meine Stärke, schon gar nicht bei dieser Hitze.

Zum Glück wurde Bella wieder langsamer, als wir uns dem breiten Weg näherten, auf dem sie angefahren worden war. Ein paar Meter vor der Stelle mit dem Blut blieb sie stehen und bellte.

»Was hat sie nur?« Hummel lief zu unserer Hündin und streichelte sie. »Schlechte Erinnerungen, oder?«, fragte er sanft.

Manchmal wundere ich mich über meinen Bruder. Er kann sich mit Krallen und Fäusten mit Jo streiten, dass die Fetzen fliegen. Sie schreien sich an, als hätten sie nie so was wie Erziehung genossen. Dann wieder kann Hummel so zartfühlend sein. Er malt wunderschöne Bilder und spielt mit Lany Prinzessin und Hofstaat. Wenn Papa klassische Musik anmacht, sagt er: »Davon werde ich immer ganz traurig. Bin ich etwa allergisch?« Und wenn er ein Tier sieht, dann findet er es immer gleich »Soooo niedlich!«, dass er weinen könnte.

Bella hörte nicht auf zu bellen. Sie senkte den Kopf, schnüffelte, knurrte und bellte wieder. »Oh Mann.« Hummel kratzte sich verwundert am Kopf.

Worüber regte Bella sich nur so auf? War es wirklich nur die Erinnerung an das, was vor einer Woche passiert war?

Beinahe hätten wir das Auto zu spät bemerkt. Bella stand mitten auf dem Weg und kläffte gegen den Hügel an, als plötzlich ein Motor aufheulte.

»Runter von der Straße!«, brüllte ich und zog Hummel am Arm. Der schnappte nach Bellas Halsband und zerrte sie mit sich. In einem wilden Knäuel stürzten wir drei in den Straßengraben, während ein silberner Pick-up an uns vorbei über den Feldweg donnerte.

»Spinnt der?«, brüllte ich, blass vor Schreck und Wut, als ich mich aufrappelte. »Mit mindestens siebzig Sachen hier langzurasen!? Ist der völlig bescheuert?«

Leider hatte keiner von uns erkannt, wer am Steuer saß. Das Auto kam mir zwar bekannt vor, aber ich konnte mich nicht erinnern, wo ich es schon einmal gesehen hatte. Bella duckte sich winselnd ins Gras.

»Ich schätze, wir wissen jetzt, was letzte Woche passiert ist«, meinte Hummel grimmig. Seine Stirn lag in Falten und er schüttelte drohend die Faust. »Wenn ich rausfinde, wer das ist, dann ... dann!«

»Was dann?«, wollte ich wissen.

Wir hatten gar nichts gegen den Fahrer des Wagens in der Hand. Schließlich war es nur eine Vermutung, dass er schon letzte Woche hier entlanggerast war. Außerdem kam er aus der falschen Richtung. Der Unfall hatte sich auf dem Weg zum Winterteich hin ereignet, während das Auto diesmal vom Winterteich hergekommen war.

Hummel hockte sich zu Bella in den Graben und streichelte sie, bis sie sich beruhigt hatte.

»Was machen wir denn jetzt?«, fragte er schließlich.

»Ich finde, wir sollten nach Hause gehen. Das war genug Aufregung für heute. Schließlich ist es Bellas erste große Gassirunde nach dem Unfall ...«

Aber Bella war anderer Meinung. Sobald das Auto außer Hörweite war und der Staub sich gelegt hatte, stand die Hündin auf und lief entschlossen weiter.

Achselzuckend folgten wir ihr. Bella ging jetzt am Straßenrand. Nach ein paar Schritten blieb sie stehen und stupste mit der Schnauze an einen Müllsack, der dort lag. Ich erinnerte mich, wie Sam dagegengetreten hatte.

»Wir sollten den Sack nachher mitnehmen«, sagte ich. »Ich finde es blöd, wenn das Zeug hier herumliegt.«

»Okay«, stimmte Hummel zu. »Benutzen wir zu Hause eigentlich auch diese Säcke?«

Ich schüttelte den Kopf. »Nicht in dieser Farbe.«

»Hm«, machte Hummel und zog die Nase kraus. »Unten beim Supermarkt haben sie jedenfalls auch diese Art von Tüten.«

»Woher weißt du das?« Ich war irritiert. Seit wann achtete Hummel auf Abfallsäcke am Supermarkt?

Mein kleiner Bruder grinste nur. »Wir haben doch einen für unsere Aktion benutzt. Du weißt schon, als wir die Unterschriften gesammelt haben.«

Ich stöhnte. Es verging wirklich kein Tag, an dem ich nicht an diese Katastrophe erinnert wurde! Am Mittwoch hatten mich noch fünf Freunde angerufen, weil sie den Zeitungsartikel gelesen hatten. Wer weiß, wer alles heimlich darüber lachte. Ich war heilfroh, dass Ferien waren. Sonst hätte ich mich noch in der Schule blamiert. Hoffentlich reichten die sechs Wochen Ferien aus, um Gras über die Sache wachsen zu lassen.

Bella trottete weiter. Sie bog diesmal nicht vom Weg ab, sondern ging zielstrebig geradeaus. Schließlich überquerten wir die Hügelkuppe und erreichten einen schmalen Pfad, der von dem Fahrweg abbog. Genau genommen waren es zwei Fahrrinnen, wie von einem Traktor ins Feld gedrückt. Sie führten über die Wiese auf den Winterteich zu. Wahrscheinlich war das der Weg, den der Bauer mit dem Trecker nahm, um zu dem weiten Roggenfeld hinter dem Teich zu gelangen. Die Fahrspur sah nicht sonderlich oft genutzt aus. In den Rillen wuchsen wilde Kamille und Gras. Bei genauerer Betrachtung sah ich allerdings, dass einige Pflanzen wie frisch zerdrückt wirkten.

Bella war sichtlich nervös. Sie schnüffelte und trabte aufgeregt in Richtung Teich. Hummel und ich hatten wieder Mühe, ihr zu folgen. Irgendetwas schien den Hund wie magisch anzuziehen, obwohl er auf diesem Weg so schlechte Erfahrungen gemacht hatte. Während wir noch überlegten, was es mit ihrem Verhalten auf sich haben könnte, hatte Bella ihr Ziel gefunden. Sie verschwand hinter einem Busch und begann, mit der Schnauze in einem Haufen Abfall zu wühlen.

Katastrophe Nummer zwei

»Igitt, Bella!« Hummel schrie angeekelt auf und versuchte, Bella am Halsband zurückzuziehen.

Aber Bella knurrte verhalten und sträubte sich.

»Das ist Abfall, Bella. Aus!«

Widerwillig ließ die Hündin das Stück Fleisch fallen, an dem sie gekaut hatte. Wir zerrten sie in Richtung Teich und hielten sie fest.

»Hoffentlich hat sie sich jetzt nicht auch noch den Magen verdorben«, sagte Hummel mit banger Stimme.

Ich schüttelte mich bei dem Gedanken an vergammeltes Fleisch, ging aber trotzdem noch einmal zurück zu dem Abfallberg. Hinter dem Gebüsch, vom Weg her nicht erkennbar, lagerten Unmengen von Plastikverpackungen, Biomüllabfällen und Fleischresten. Überall saßen und schwirrten Fliegen. Ich hielt mir die Nase zu und ging noch näher heran.

Das Fleisch sah aus, als läge es noch nicht lange hier. Obst und Gemüse dagegen schimmelten und faulten offensichtlich schon lange an diesem Ort vor sich hin. Der Hauptanteil an Müll waren allerdings Verpackungen und Einwegflaschen. Ein großer Stapel der hellgrauen Säcke befand sich in einer Ecke. Sie waren zum Teil aufgerissen und durchwühlt. Als ich näher trat, huschten drei Ratten davon. Erschrocken sprang ich zurück.

Wo kam nur all dieser Abfall her? Warum machte sich jemand die Mühe, ihn hierher zu bringen? Es gab schließlich eine ziemlich zuverlässige Müllabfuhr im Dorf.

Nachdenklich ging ich zurück zu Hummel, der Bella noch immer straff am Halsband hielt. »Ich glaube, das Fleisch war noch nicht so richtig vergammelt«, beruhigte ich ihn.

»Trotzdem sollte Bella nie, nie wieder allein hierhingehen. Wer weiß, wie lange das Zeug hier liegen bleibt.«

»Es könnte auch vergiftet sein«, vermutete mein kleiner Bruder. Er heulte beinahe vor Angst, Bella schon wieder zum Tierarzt bringen zu müssen.

»Das glaube ich nicht …«

Während wir noch überlegend am Ufer des Teiches saßen, stürzten sich einige Krähen auf die Fleischabfälle. Wahrscheinlich würden noch weitere Aasfresser aus dem Wald kommen und dafür sorgen, dass das Fleisch nicht lange dort liegen blieb. Bella knurrte wieder und begann, die Vögel anzukläffen.

»Lass uns gehen«, drängte Hummel.

Wir zogen die widerstrebende Bella hinter uns her den Weg entlang. Es dauerte eine Weile, bis sie ihren Widerstand aufgab und uns bei Fuß folgte. Schließlich gelangten wir wieder an die Stelle mit dem grauen Müllsack, über den wir uns auf dem Hinweg geärgert hatten.

»Na los, nehmen wir ihn mit«, sagte ich mehr zu mir selbst, denn Hummel hatte ja Bella an der Leine. Gerade machte ich mir an dem Sack zu schaffen, da hielt schwungvoll ein Radfahrer neben uns.

»Du schon wieder!«, lachte eine vertraute Stimme in meinem Rücken.

Ich drehte mich um und sah Luca. Scheinbar

hatte ich mittlerweile ein wenig Übung im Überraschtwerden, denn ich blieb erstaunlich ruhig. Gut, mein Pulsschlag verdreifachte sich in etwa, aber das merkte ja nur ich. »Und was verschlägt dich hierher?«, gab ich ziemlich cool zurück.

Luca musterte mich neugierig. »Das hier ist der kürzeste Weg zu meiner Oma«, erklärte er. »Und du bist diesmal aktiv mit der Müllbeseitigung beschäftigt …?«

»Äh … ja.« Ich richtete mich auf und versuchte, den Sack hochzuheben. Leider war er am Boden aufgerissen und mehrere leere Plastikflaschen kullerten heraus.

»Oben am Teich haben wir massenweise Müll gesehen«, erzählte Hummel Luca mit funkelnden Augen. »Irgendjemand kippt das Zeug da einfach hin. Sogar Fleisch und so was. Voll eklig! Bella hat das gefressen und jetzt wird sie vielleicht krank …«

Luca runzelte die Stirn.

»Meinst du, es ist eine gute Idee, das wegzuräumen?«, fragte er dann.

Ich machte ein belämmertes Gesicht. »Na ja …«,

setzte ich an. Ich wusste nicht so recht, was ich sagen sollte.

Luca knabberte an seiner Lippe (was ich sehr sympathisch fand, weil ich das auch immer mache, wenn ich nachdenke). Dann schlug er vor, die Polizei zu rufen. »Es ist verboten, Abfälle illegal zu entsorgen«, erklärte er entschieden. »Und wenn euer Hund davon krank wird, dann erst recht.«

Ich stöhnte. Die Polizei rufen? Das hatten wir doch erst. Ich wollte diesen blöden jungen Beamten doch nicht jede Woche sehen! Aber Lucas besorgtes Gesicht gab mir zu denken.

»Zeigt ihr mir die Stelle?«, fragte er jetzt.

Hummel sah zuerst Bella an und dann mich. »Ich schleppe sie da nicht noch mal hin«, sagte er mit Nachdruck.

Ich musste ihm recht geben. Es wäre absolut unvernünftig, die Hündin den weiten Weg zu ihrer Versuchung noch einmal laufen zu lassen.

»Geh du mit ihr nach Hause und erzähle unseren Eltern, was los ist, okay?«, schlug ich deshalb vor. »Ich zeige Luca den Müll.«

Erst als Hummel sich mit Bella in Bewegung setzte, wurde mir so richtig klar, was ich getan hatte. Ich war ganz allein mit meinem Traumhühnerprinz im Wald.

Dieser hängte seinen Helm an den Fahrradlenker und pustete sich eine schwarze Haarsträhne aus dem Gesicht.

»Da geht's lang«, brachte ich etwas heiser hervor.

»Du nimmst die Sache mit dem Müll ganz schön ernst, oder?«, fragte Luca, als wir schon ein paar Meter über den staubigen Weg gegangen waren.

Ich zuckte mit den Achseln. »Ernster, als ich dachte«, entgegnete ich ein wenig unglücklich. All die Sachen hatte ich schließlich nicht geplant. Ich wollte doch nur einen kleinen Beitrag zum Umweltschutz leisten und jetzt stolperte ich an jeder Ecke über ein Verbrechen.

Ich erzählte ihm, was wir in den letzten Tagen erlebt hatten.

Luca nickte mitfühlend. »Ich verstehe, warum du nicht schon wieder die Polizei rufen möchtest.«

Aber als wir am Teich ankamen und er die Verwüstung sah, blieb ihm vor Schreck die Spucke weg.

»Unglaublich!«, rief er entsetzt. »Das ist nicht nur frech, das ist ... das ist eine Katastrophe!« Sein Gesicht wurde ganz rot vor Wut.

Ich sah ihn an und verliebte mich gleich noch ein kleines bisschen mehr. So ein toller Typ, der mich ernst nahm und sogar einen Umweg machte, um sich anzuschauen, wovon ich sprach!

Der tolle Typ zückte sein Handy. »Hoffentlich habe ich hier Empfang«, murmelte er und begann zu tippen. »Tut mir leid, aber bei so was MUSS man einfach die Polizei verständigen!«

Mir wurde wieder mulmig zumute. Ich meine, letzte Woche hatte mein Vater angerufen. Der ist wenigstens erwachsen. Aber ein Notruf von einem Minderjährigen? Würde ihn jemand für voll nehmen?

Es sah wirklich gar nicht gut für Luca aus. Ich hörte natürlich nur, was er sagte. Es klang ungefähr so: »Guten Tag, mein Name ist Luca Meyer.« (Es kann nicht jeder einen so besonderen Nachnamen haben wie ich!)

»Ich möchte eine illegale Abfallentsorgung melden ... Oh, ja ...« An dieser Stelle bildete sich auf seiner Stirn eine dicke Falte. »Okay ... Das war mir nicht klar.« Er wirkte jetzt ein bisschen peinlich berührt.

Mir wurde ganz kribbelig zumute, so wie beim Fremdschämen. Dabei wusste ich gar nicht, was los war.

»Okay, mache ich, danke.« Er legte auf und steckte das Handy mit einer zackigen Bewegung in die Hosentasche. Dann strich er sich wieder seine Haarsträhne aus der Stirn und schniefte leicht. »Die meinen, das sei kein Fall für die Polizei.«

»Oh«, machte ich geknickt.

»Und schon gar nicht für die Notrufnummer.«

Ich kräuselte die Nase. »Hmm ...«

Irgendwie war die Situation total unangenehm.

»Also, ich finde es trotzdem total stark von dir, dass du angerufen hast ...«

Luca kniff die Augen zusammen und starrte den Müllberg an. Ich trat von einem Fuß auf den anderen, weil ich nicht wusste, was ich sagen sollte. Es fühlte sich an, als sei es meine Schuld, dass Luca eine Schelte vom Notrufbeantwortungsbeamten bekommen hatte.

»Man kann ja nicht alles wissen«, versuchte ich einen diplomatischen Gesprächsanfang. Luca schnaubte leise. Mit dem Fuß kickte er gegen eine leere Flasche. »Ich soll das auf dem Gemeindeamt anzeigen, hat die Dame gesagt. Da fahre ich am Montag gleich hin. Kommst du mit?«

Oh Mann, er ist eben einfach wirklich richtig toll.

Ich strahlte über das ganze Gesicht (das war vielleicht ein bisschen peinlich) und nickte.

»Na los, lass uns verschwinden.« Er nahm sein Rad wieder auf, das er auf der Wiese abgelegt hatte.

In diesem Moment huschte noch einmal eine Ratte aus dem Müllberg, was mich dazu brachte, erschrocken nach hinten zu springen. Und das ist der Grund, warum ich diesen Tag »Den Matschtag« nenne. Denn, wie du dir vermutlich denken kannst: Hinter mir war der Teich. Genauer gesagt das, was der Teich war, wenn es geregnet hatte. An diesem Tag befand sich schmieriger Matsch dort. Wunderbar geeignet, um auszurutschen. Genau das tat ich, und zwar so richtig schwungvoll. Ich klatschte hinein, dass der Dreck nur so nach allen Seiten flog. Meine komplette Rückseite war braun und nass und ich kniff die Augen zusammen, um Luca nicht ansehen zu müssen. Als ich sie schließlich doch öffnete, stand er genau vor mir und streckte mir die Hand entgegen.

»Alles okay?«, fragte er mit einem mühsam unterdrückten Lächeln.

Ich stöhnte und schüttelte den Kopf. »Nichts passiert«, beeilte ich mich zu sagen und wehrte seine Hand ab. »Ich will dich nicht auch noch dreckig machen.« Etwas umständlich stand ich auf und versuchte, meine Hände an meinem sowieso schmutzigen Shirt abzureiben.

Luca sah mir gelassen zu, holte dann wieder sein Fahrrad und wir begaben uns endlich auf den Rückweg.

»Glaubst du, dass es irgendwen interessiert, wenn wir die Sache auf dem Gemeindeamt melden?«, fragte ich Luca, während wir gemeinsam dem Dorf entgegentrotteten.

Der zuckte mit den Schultern. »Ich hoffe es«, gab er zurück. »Aber es dauert bestimmt lange.«

»Das heißt, dass niemand versuchen wird, den Täter auf frischer Tat zu ertappen«, stellte ich frustriert fest. »Und wir müssen jetzt ständig aufpassen, dass Bella nicht allein zum Winterteich läuft.«

Luca nickte. »Vielleicht hilft es, wenn wir ein paar Erwachsene auf unsere Seite bekommen«, schlug er vor.

Das war eine gute Idee. Meinen Eltern würde ich die Sache sowieso erzählen. Die konnten dafür sorgen, dass etwas getan wurde.

Als wir an dem Abzweig ankamen, der zum Himmelhof führt, schwang Luca sich auf sein Rad. »Also sehen wir uns am Montag«, stellte er fest.

Ich gab mir große Mühe, nicht allzu auffällig zu strahlen. »Ja«, gab ich zurück.

»Ich hole dich ab, und zwar fünfzehn Minuten, bevor das Gemeindeamt öffnet, okay? Ich bin noch ein paar Tage bei meiner Oma. Mach's gut!«

Er trat in die Pedale und rollte den Hügel hinunter.

Seufzend schaute ich ihm hinterher. Mein Traumhühnermüllretterprinz.

Dieser Sommer wurde immer besser.

Eine unerwartete Entdeckung

Natürlich passierte nach unserer Meldung auf dem Gemeindeamt erst einmal gar nichts.

»Ich verstehe euren Ärger und finde es auch wirklich schlimm«, gab uns die Dame hinter dem Schreibtisch zu verstehen. »Aber solche Sachen nehmen immer ziemlich viel Zeit in Anspruch. Ich melde es jetzt an das zuständige Amt in der Kreisstadt weiter. Aber wann die jemanden zur Sichtung schicken, das kann ich nicht sagen …«

Mit dieser Information mussten wir leben. Luca begleitete mich nach Hause auf den Himmelhof. Dort setzten wir uns an den Tisch im Freien und tranken Limo, um den Ärger wegzuspülen. Mein Vater telefonierte mit dem Tierarzt und verschiedenen anderen Leuten, aber alle sagten nur, dass man da nicht viel machen könne.

Ich war stinksauer. Hummel und Jo waren auch

stinksauer. Luca klopfte mir auf die Schulter und meinte, es wäre immerhin ein erster Schritt. Dann fuhr er weg und ich glaubte, dass ich ihn nie wiedersehen würde. Zumindest in diesen Ferien nicht. Ich hatte schließlich keine Ahnung, welche verrückten Erlebnisse noch auf uns warteten.

Den Dienstag, den Mittwoch und die Hälfte des Donnerstages verbrachte ich mit sehr schlechter Laune. Dann zwang Sofi mich, mich zusammenzureißen. Sie brauchte nämlich meine Hilfe, denn am Freitag sollte Paul endlich aus den USA zurückkehren. Und am Samstag wollte sie eine Willkommen-zurück-Party auf unserem Hof für ihn schmeißen. Ich war immer noch sauer, aber die schlechte Laune wurde langsam auch ein bisschen langweilig. Und weil ich sowieso gern koche und backe, ließ ich mich gern überreden. So kam es, dass Sofi und ich einträchtig Teig rührten und Obst schnippelten und uns über die Liebe unterhielten. Nicht dass ich viel über die Liebe wüsste. Ich finde nur, dass sie sehr schön ist. Ich stelle mir vor, dass ich später mal einen Mann und ein paar Kinder habe – nicht ganz so viele wie meine Eltern

– und dass wir auch auf einem Bauernhof wohnen. Vielleicht ja sogar hier auf dem Himmelhof, wenn Mama und Papa alt sind. Vorher will ich aber erst noch irgendwas Aufregendes erleben und ferne Länder bereisen. Vielleicht. Vielleicht bleibe ich auch hier in der Gegend. Eigentlich habe ich keine Ahnung, was ich später mal machen will. Ich finde, darüber kann ich auch in ein paar Jahren noch nachdenken. Aber eigentlich wollte ich dir ja erzählen, was als Nächstes passierte.

Das war so: Nach all dem Schnippeln und Backen brauchte ich am Freitag eine kleine Pause. Deshalb machte ich den Fehler, nach draußen auf den Hof zu gehen. Jo und Hummel stritten sich dort gerade um irgendetwas völlig Unwichtiges und Mama war genervt von all dem Gewusel.

»Geht und spielt im Wald!«, befahl sie.

Jo und Hummel hörten sie zuerst gar nicht. Dann wollten sie nicht (darüber waren sie sich auf einmal einig) und dann verdonnerte Mama mich dazu, sie zu begleiten.

Super. Es gibt nichts Schöneres, als mit zwei Jungs, die sich gegenseitig gerade hochgradig anzicken, etwas unternehmen zu müssen. Zu allem Überfluss bettelte dann auch noch Lany, dass wir sie unbedingt mitnehmen sollten.

Missmutig stapfte ich los, meine kleine Schwester an der Hand. Zuerst schlug ich die Richtung ein, in der unsere Kletterfelsen lagen. Aber dann zog es mich doch wieder zum Winterteich. Hummel hatte natürlich Bella dabei und bekam es gleich wieder mit der Angst zu tun.

»Willst du zum Teich, Emmi?«, fragte er, als er mich eingeholt hatte.

Ich zuckte mit den Schultern. »Was dagegen?«

Er schluckte und warf Bella einen zweifelnden Blick zu. »Nicht dass sie wieder Abfall frisst«, gab er zu bedenken.

Ich blieb bei meiner Entscheidung. »Du musst sie eben davon abhalten.«

Jo meckerte ebenfalls, aber nur weil er keine Lust hatte, so weit zu laufen. Nur Lany hüpfte fröhlich neben mir her und versuchte, Schmetterlinge zu haschen.

Je näher wir dem Ziel kamen, desto angespannter wurden wir drei größeren Geschwister. Ob am

Teich noch alles beim Alten war? Oder waren neue Abfälle dazugekommen?

Unsere Schritte wurden automatisch schneller und schneller. Ein bisschen außer Atem bogen wir schließlich auf den Traktorspurweg ein. Hummel rannte vorweg, Bella dicht neben sich an der Leine. Vor dem Busch blieb er abrupt stehen.

»Was ist los?«, keuchte Jo, der wegen seines Asthmas schon wieder Luftprobleme hatte. Schließlich sahen wir es alle. Der riesige Haufen war noch da. Aber irgendjemand hatte ihn mit Flatterband abgesperrt.

»Was soll das denn bringen?«, überlegte Hummel laut.

Ich fand es ziemlich gut. Immerhin war jemand hier gewesen. Also hatte sich Lucas Einsatz sehr wohl gelohnt.

»Zumindest wird jetzt keiner mehr Müll hier abladen«, stellte ich fest. »Denn es ist offensichtlich, dass jemand diesen Haufen entdeckt hat. So blöd wird derjenige, der das Zeug hier hinkippt, ja nicht sein. Das weiß schließlich jeder, dass man

Strafe zahlen muss, wenn man ohne Erlaubnis irgendwo Müll ablädt.«

Jo und Hummel nickten beeindruckt und ich fühlte mich sehr schlau. Vor ein paar Tagen hatte ich das zwar auch noch nicht gewusst, aber das musste mich ja nicht davon abhalten, ein wenig anzugeben.

»Muss der jetzt Strafe zahlen?«, hakte Hummel nach.

Weil ich es hoffte, behauptete ich: »Wenn er erwischt wird, schon.«

Halbwegs zufrieden wandten wir uns von dem Müllberg ab und sahen über den Teich.

Es war ein trauriger Anblick. Eigentlich lag der Winterteich ganz romantisch am Waldrand. An seinem Ufer standen ein paar alte Weiden und auf der uns gegenüberliegenden Seite ragte ein Holzsteg ins Wasser. Ein kleiner Bach, der sich zwischen zwei Hügeln hindurchschlängelte, speiste den Teich. An einer Stelle konnte man noch die Reste des Mauerwerks erkennen, das vor langer Zeit ein Wasserrad gehalten hatte. Auf der Wiese fanden sich auch noch ein paar zerfallene Mauern, zwischen denen Büsche wuchsen. Früher hatte einmal eine Mühle an diesem Teich gestanden. Aber das war lange, lange her.

Und leider schwammen jetzt auf dem Wasser überall Plastikflaschen und Verpackungsreste.

»Komm, wir gehen rüber zum Steg und spielen Piraten«, schlug Hummel vor und flitzte sofort los.

»Ach, nee …«, stöhnte ich.

Lany zog an meiner Hand. »Ich will auch nicht bei dem doofen Abfallhaufen bleiben«, quengelte sie.

Ohne viel Begeisterung folgte ich meinen Geschwistern. Die Jungs kletterten schon auf den Steg. Zum Glück lag hier kein Boot mehr, sonst wären sie bestimmt hineingestiegen.

Eine Weile sah ich ihnen einfach dabei zu, wie sie mit ihren imaginären Schwertern um sich schlugen. Lany tobte mit Bella auf der Wiese und ich zupfte aus Langeweile Grashalme ab. Dann flammte der Streit der Jungen wieder auf. Bevor ich es so richtig gemerkt hatte, fingen sie schon an, sich gegenseitig zu schubsen und an den T-Shirts zu ziehen.

Lany sah unruhig zu unseren Brüdern hinüber. Gerade wollte ich ihnen zurufen, dass sie wenigstens vom Steg herunterkommen sollten, wenn sie schon kämpfen mussten, da passierte es auch schon: Jo rutschte ab und fiel rücklings ins Wasser.

Fluchend und spuckend tauchte er wieder auf, den Kopf voller Entengrütze.

Hummel kniete sich erschrocken auf den Steg und hielt ihm die Hand hin, um ihm aus dem Wasser helfen.

»Igitt, bäh, boah, ist das ekelhaft!«

Jo konnte in der Brühe stehen und versuchte, sich am Steg nach oben zu ziehen. Weil das nicht klappte, watete er schließlich zum Ufer. Als er es fast geschafft hatte, stieß er sich unter Wasser das Schienbein. »Au!«, jaulte er auf und beugte sich herunter. »Was war das denn?«

Mit den Händen schob er die Entengrütze beiseite und versuchte zu sehen, woran er sich da gestoßen hatte.

Lany, Hummel und ich kamen näher.

»Was hast du, Jo?«, fragte Hummel. Scheinbar war der Streit auch schon wieder vergessen. Jedenfalls ruderte Jo mit den Händen im Wasser herum und hatte nichts dagegen, dass Hummel rasch seine Schuhe und Socken abstreifte und zu ihm gewatet kam. Gleich darauf tasteten beide Jungen unter Wasser nach dem geheimnisvollen Objekt.

»Da ist war Hartes«, erklärte Hummel eifrig. »Fühlt sich an wie Metall.«

Ich bekam Panik. Schließlich warnten unsere Lehrer und Eltern uns immer wieder davor, metallische Gegenstände anzufassen, die wir in Wald und Wiese fanden. Es könnte noch alte Munition aus dem Zweiten Weltkrieg sein. Oder zumindest könnten wir uns verletzen und Tetanus bekommen. »Lass lieber die Finger davon ...«, murmelte ich.

Aber die Jungs waren schon damit beschäftigt, etwas aus dem Schlamm zu hieven.

»Los, wir haben es gleich!«, keuchte Jo. Die grüne Entengrütze tropfte ihm von der Nase. »Nicht loslassen!«

Sie zerrten und stemmten und endlich gab es ein schmatzendes, klatschendes Geräusch und sie hoben eine Kiste aus Metall aus dem Wasser.

»Cool!«, kreischte Hummel.

Jo presste das Ding an sich und die Brüder entstiegen den Fluten.

Vorsichtig legte Jo die Kiste ins Gras und wir versammelten uns alle neugierig darum.

Merkwürdige Symbole

Der Kasten hatte ungefähr die Größe eines Schuhkartons. Er war grün – also eher so ein komisches Graugrün –, ein bisschen angerostet und ziemlich matschverschmiert. Der Deckel war mit zwei Schnappern festgemacht und natürlich mit einem Schloss gesichert. Jo rüttelte daran. Es rappelte ein wenig im Inneren, aber der Deckel blieb zu. Das war nicht anders zu erwarten gewesen.

»Seid ihr euch sicher, dass das nicht gefährlich ist?«, fragte ich ein wenig ängstlich, als Hummel und Jo sich wenig zimperlich an dem Schloss zu schaffen machten. Sicherheitshalber schob ich Lany hinter meinen Rücken. Man konnte ja nie wissen. Am Ende explodierte die komische Kiste noch und dann ... Meine Fantasie ist manchmal sehr lebhaft. Abgerissene Finger waren noch das Harmloseste, was mir in diesem Moment durch den Kopf ging. »Könntet ihr das Ding vielleicht einfach in Ruhe lassen?«

Ich wünschte mir wirklich, die Jungs würden die Schachtel einfach wieder zurück ins Wasser werfen. Ich konnte ja nicht ahnen, dass sie uns noch berühmt machen würde.

In meinem Kopf entstanden Horrorszenarien, in denen ich entweder einen Riesenärger mit Mama und Papa bekam, weil ich nicht gut auf meine Geschwister aufgepasst hatte. Oder ich landete direkt im Gefängnis (obwohl man da mit zwölf wohl noch nicht hinkommt).

Jedenfalls interessierten Jo und Hummel sich kein bisschen für meine Angstgefühle. Sie klopften auf die Kiste, zerrten daran herum und traten dagegen, aber nichts passierte (außer dass Hummel sich einen blauen Zeh holte).

»Wir kriegen sie nicht auf«, stellte Jo nach einigen Minuten endlich fest.

Ich atmete erleichtert auf.

»Nehmen wir sie eben mit nach Hause und sägen sie in der Scheune auf, okay?«

»Wie bitte?«, japste ich und versuchte, den Jungs das Ding zu entreißen. »Auf keinen Fall! Ihr sägt nicht an einem metallischen Irgendwas herum, das aussieht, als würde es aus dem Zweiten Weltkrieg stammen!« Meine Stimme klang schrill.

Beeindruckt betrachteten die beiden ihren Schatz. Das war übrigens das Gegenteil von dem, was ich hatte erreichen wollen.

»Echt? Glaubst du, es stammt aus dem Krieg?«

»Keine Ahnung«, gab ich entnervt zurück. »Ich hab aber mal gehört, dass irgendwo eine Frau einen Gegenstand aus Metall im Wald gefunden hat. Dann hat sie das Ding aufgesägt, es ist explodiert und sie war tot. Weil es nämlich eine alte Granate war. Wollt ihr das riskieren?«

Ich war mir sicher, dass Hummel und Jo jetzt nachgeben würden, schließlich wollten sie nicht zerfetzt werden.

Aber Hummel fragte nur unbeeindruckt: »Sind Granaten eckig?«

An dieser Stelle kapitulierte ich. »Okay, nein …«, brummelte ich. »Aber ihr wisst ja nicht, was drinsteckt.«

Ein wenig vorsichtiger nahm Jo die Kiste jetzt hoch. »Ich trage sie nach Hause«, beschloss er und stand auf. »Und dann bitten wir Papa, uns zu helfen. Der kriegt sie bestimmt auf, ohne dass etwas passiert.«

Seufzend gab ich mich geschlagen. Dreckig und, in Jos Fall, nass, trabten wir vier zurück zum Himmelhof. Bella lief fröhlich voraus.

Auf dem Hof war es ruhig. Mama arbeitete im Haus und Papa war noch im Büro. Sofi stand im Garten auf einer Leiter. Sie hängte Wimpelketten auf. Sam sollte ihr wohl dabei helfen, machte aber nur Quatsch. Er schlang sich die Wimpel um die Hüfte und tanzte albern herum. Sofi meckerte ihn an, aber das ermutigte ihn nur noch.

»Soll ich dir helfen, Sofi?«, rief ich zu ihr hinüber.

Meine große Schwester sah mich erleichtert an. »Oh, ja, bitte!«, antwortete sie dankbar.

»Ich will auch mitmachen.« Lany drängelte sich an meine Seite.

Froh, meine Brüderbeaufsichtigung beenden zu können, lief ich zu Sofi.

»Jetzt kannst du auf die Kleinen aufpassen«, befahl ich Sam.

Der zog nur die Augenbrauen hoch und wollte

protestieren, aber Sofi sagte scharf: »Doch, das machst du jetzt. Das hast du davon! Mama hat gesagt, du sollst dich nützlich machen. Und das ist nützlich im Gegenteil zu diesem ... na ja, was auch immer du da gerade gemacht hast.«

Ich kicherte und Sam streckte Sofi die Zunge heraus. Immerhin drehte er sich trotzdem um und ging zu den Jungs.

Angesichts der bunten Wimpelkette verschwanden meine Sorgen wegen der Kiste augenblicklich. Hoch konzentriert dekorierten Lany, Sofi und ich den Garten.

Währenddessen ging die Operation »Metallbox« in die zweite Phase.

Sam ist nämlich nicht so empfindlich wie ich, was gefährliche Gegenstände betrifft. Er suchte in Papas Werkzeugkasten nach etwas, womit er das Schloss knacken könnte. Erstaunlicherweise schaffte er es innerhalb einer Stunde und das, ohne sich zu verletzen. Wir Mädchen hatten gerade den letzten Tisch auf die Wiese geschleppt, die morgen als Festplatz dienen sollte, da erklang aus der Scheune ein lautes Jubeln.

»Die Kiste!«, rief ich und rannte los.

Sofi schaute mich verständnislos an, folgte mir aber mit Lany an der Hand.

Als wir eintraten, sahen wir Hummel, Jo und Sam über die offene Box gebeugt.

»Wow …«, murmelte Jo und fasste hinein. »Was ist das alles?«

Sam hielt seine Hand fest. »Warte mal«, bat er und wischte über die Innenseite des Deckels.

»Seht ihr diese Zeichen hier?«

Ich drängelte mich dazwischen. Schließlich war ich an dem Fund beteiligt gewesen und wollte auch wissen, was da drin war.

In den Deckel waren seltsame Symbole eingeprägt. Das eine sah aus wie ein Berg. Das zweite wie ein Baum mit drei Stämmen, die sich in der Krone vereinigten. Das dritte war eine Art Edelstein, aber das letzte …

»Das ist ein Hakenkreuz«, stellte Sam mit Abscheu in der Stimme fest.

»Ein was?«, fragte Hummel nach.

»Ein Hakenkreuz, eindeutig«, wiederholte Sam. »Das ist das Zeichen von Hitler und seinen Leuten.«

»Wer ist denn Hitler?«

Jo stöhnte. »Mann, das war der Anführer im Krieg. Oder, Sam?«

Sam nickte und mir lief eine Gänsehaut über den Rücken. Also doch eine Sache aus dem Krieg. Wie gruselig!

»Vielleicht wurde die Kiste während des Krieges im Teich versenkt«, vermutete Sam. Er hat immer gleich eine Theorie, wenn etwas Aufregendes passiert. »Hoffentlich ist der Inhalt noch heil.«

Vor meinem inneren Auge erschienen Soldaten, die bei Nacht und Nebel eine Kiste mit geheimnisvollem Inhalt im Winterteich versenkten. Aber warum dort? Und war das, was drin war, vielleicht wertvoll?

Jetzt durfte Jo etwas aus der Box nehmen. Es war ein weiches Päckchen. Irgendein Gegenstand, in beigefarbenen Stoff gewickelt.

»Es ist ein wenig feucht«, kommentierte Jo. Vorsichtig faltete er das Tuch auseinander. Zum Vorschein kamen eine kleine Steintafel, ein dicker Bartschlüssel und ein rund geschliffener Stab aus

Metall. Der Stab sah schwer aus und hatte ein paar tiefe Rillen.

»Das ist ein Zylinder«, meinte Sofi.

»Okay ...«, machte Hummel und kräuselte die Nase.

»Das ist ja wie bei einer echten Schatzsuche!«, stellte Sam begeistert fest.

Jetzt schnappte Sofi sich die Tafel. Sie entdeckte Zahlen, die darin eingekerbt waren. »2-1-4-3. Ist das die Kombination für ein Zahlenschloss?«

Inzwischen fühlten wir uns alle kribbelig und aufgeregt.

»Kann sein.« Sam wiegte nachdenklich den Kopf. »Und wo passt der Schlüssel? Warum ist da ein Edelstein in den Deckel geprägt?«

»Bestimmt ist es eine Schatzsuche«, meinte jetzt auch Hummel. »Wir müssen gleich anfangen zu suchen! Los!«

Aber Sofi schüttelte den Kopf. »Das ist doch Quatsch«, sagte sie, typisch erwachsen. »Ihr habt doch keine Ahnung, wo ihr anfangen solltet. Außerdem ist das allein vielleicht schon irgendwie wertvoll. Sollten wir es nicht bei der Polizei ...?«

»Nein!«, riefen Hummel, Jo, Sam und ich wie aus einem Munde.

Lany sah uns alle nur verwundert an.

»Das kommt nicht infrage«, protestierte ich. Ich wollte in den nächsten zwanzig Jahren nichts mehr mit der Polizei zu tun haben. Außerdem sah diese rostige Kiste überhaupt nicht wertvoll aus und ihr Inhalt auch nicht wirklich.

»Kinder, kommt essen!«, rief Mama aus dem Haus.

Wir zuckten alle zusammen. Jo legte rasch die Sachen zurück in die Box, klappte diese zu und schob sie unter einen Heuhaufen. »Nach dem Essen überlegen wir, was zu tun ist«, legte er fest.

Mit klopfenden Herzen gingen wir zu Mama ins Esszimmer.

Der große Streit

»Keiner verrät was!«, zischte Jo uns allen zu, als wir in der Diele die Schuhe auszogen.

Das war schwer, denn Mama merkt es immer, wenn wir etwas verheimlichen wollen. Außerdem war an den beiden kleinen Jungs genau zu erkennen, dass sie nicht nur brav spazieren gegangen waren. (Das machen wir sowieso nie.)

Mama wollte wissen, warum in Jos Haaren Entengrütze klebte. Sie bestand auch darauf, dass die beiden sich vor dem Essen umzogen. Obwohl der Schlamm an ihren Sachen inzwischen getrocknet war, aber Mütter sind ja immer ein bisschen pingelig.

»Habt ihr im Sumpf gespielt?«, wollte sie wissen.

Wir starrten alle auf unsere Teller und stocherten in den dampfenden Kartoffeln herum. Weil sie keine Antwort bekam, runzelte Mama die Stirn.

»Ihr wisst doch, dass ihr im Wald spielen

könnt, wo ihr wollt«, bohrte sie weiter. »Ich gehe davon aus, dass ihr vorsichtig seid. Ist etwas passiert? Sagt es mir ruhig. Ich werde auch nicht meckern.«

Lany strahlte Mama an. »Jo ist ins Wasser gefallen«, plapperte sie los.

Hummel gab ihr einen Stoß.

»Aua!«, machte Lany empört.

Mama schüttelte lächelnd den Kopf. »Das hab ich schon gesehen«, sagte sie und schmunzelte. »Entengrütze wächst schließlich nicht an Bäumen.«

»Lany, gibst du mir bitte die Erbsen rüber?«, versuchte ich meine kleine Schwester abzulenken.

Mama schaute mit hochgezogenen Brauen in die Runde. »Ihr wollt also nicht erzählen, wo ihr wart, in Ordnung.«

Unsere Eltern betonen immer, dass sie uns vertrauen. Aber neugierig sind sie trotzdem. Ich wusste, dass Mama jetzt nicht weiter nachhaken würde. Doch ich wusste auch, dass sie uns genau beobachten würde. Es war schließlich offensichtlich, dass wir etwas im Schilde führten.

Nach dem Essen räumten Hummel und ich den Tisch ab.

»Braucht Sofi noch Hilfe?«, wollte Mama wissen.

Ich zuckte die Achseln. »Weiß ich nicht.« Bestimmt wollten die anderen jetzt gleich versuchen, dem Rätsel der Kiste auf die Spur zu kommen. Das wollte ich natürlich auch, obwohl ich, genau wie Sofi gesagt hatte, keine Idee hatte, wo wir anfangen könnten. »Wo ist Sofi überhaupt?«

Sie hatte beim Essen irgendwann auf ihr Handy geschaut (obwohl am Tisch eigentlich Handyverbot ist, aber Sofi schummelt manchmal). Danach war sie ein bisschen still gewesen. Ich hatte mir nichts dabei gedacht, weil ich in meinem Kopf die ganze Zeit über die Zeichen in der Kiste nachgrübelte. Jetzt kam es mir aber komisch vor, dass meine Schwester gleich nach dem Essen verschwunden war.

Obwohl ich lieber zu meinen anderen Geschwistern in die Scheune gegangen wäre, stieg ich die Treppe zu unseren Zimmern hoch. »Sofi?« Ich lugte um die Ecke und lauschte. Als Antwort auf mein Rufen hörte ich, wie im Schloss von Sofis Zimmertür von innen der Schlüssel umgedreht wurde.

»Hey, warum schließt du dich ein?« Ich rannte hin und klopfte. Natürlich ohne Erfolg.

»Lass mich in Ruhe!«, zischte meine Schwester von drinnen.

Verdutzt blieb ich im Flur stehen und kratzte mich an der Nase. Hatte irgendeiner von uns etwas Falsches gesagt? Es kam nicht ganz selten vor, dass eine vermeintlich harmlose Bemerkung von uns Sofi zu einem Wutausbruch reizte. Es war ein bisschen wie bei dem Spiel *Dr. Bibber*, bei dem man mit einem Metallstift einen Weg abfahren muss, ohne die Ränder zu berühren. Eine falsche Bewegung und das Ding gibt ein schrilles Geräusch von sich, das einem einen gehörigen Schrecken einjagt.

Mama sagt, das sei ein normales Teenager-Verhalten. Das beruhigt mich, ist aber auch der Grund, warum ich nicht scharf darauf bin, das magische Alter zu erreichen.

»Ist alles okay?«, fragte ich schließlich, obwohl

offensichtlich nicht alles okay war. Eine intelligentere Frage fiel mir aber gerade nicht ein.

Erschrocken hörte ich, dass Sofi schluchzte.

»Sofi, lass mich doch rein …«, bat ich jetzt. Ich kam mir vor wie in einem berühmten Disneyfilm. Beinahe hätte ich nach einem Schneemann gefragt.

Zu meiner Überraschung öffnete Sofi nun wirklich die Tür.

Ich schlüpfte ins Zimmer und umarmte sie gleich.

»Dieser blöde Kerl hat mir gerade geschrieben, dass er noch eine Woche in den USA bleibt«, schniefte meine große Schwester. »Er müsse sich noch von jemandem verabschieden!«

Ich legte die Stirn in Falten. »Ist es nicht fürchterlich teuer, so kurzfristig einen Flug umzubuchen?«

Aus irgendeinem Grund war das die falsche Frage.

»Natürlich ist es das!«, brüllte Sofi mich an. »Denkst du, ich wüsste das nicht?«

Ihr Gesicht war ganz rot vor Wut (oder vom Heulen, ich weiß nicht genau) und ihre blauen

Augen funkelten mich böse an. »Er will mir nicht mal verraten, wer ihm so schrecklich wichtig ist, dass er so viel Geld für einen Abschied ausgibt.«

»Tut mir leid …« war alles, was mir in diesem Moment zu sagen einfiel.

Sofi heulte wieder los. Irgendwie war ich total überfordert mit der Situation. Ich wollte gerade meine Vermutung aussprechen, dass es eins von den Mädchen sein könnte, mit denen Paul kürzlich posiert hatte (heute weiß ich, dass das ein großer Fehler gewesen wäre), da platzte Sam ins Zimmer.

»Leute, ihr müsst unbedingt …« Er blieb wie vom Donner gerührt stehen, als er Sofis verweintes Gesicht sah. »Was ist denn hier los?«

Sam ist eher nicht so der Blitzmerker. Er hat un-

gefähr so viel Einfühlungsvermögen in Schwestern wie ein Kamel in einen Hering.

»Liebeskummer?«

Eventuell war das genauso die falsche Frage wie meine wegen des umgebuchten Flugs. Jedenfalls schleuderte Sofi jetzt Sam den Antistress-Ball gegen die Brust, der auf ihrem Schreibtisch gelegen hatte. Ich nehme an, andernfalls hätte sie damit früher oder später nach mir geworfen.

Mittlerweile war auch Mama auf das Drama aufmerksam geworden. Sie kam in dem Moment ins Zimmer, in dem Sam empört »Bist du bescheuert?« schrie.

»Kann mir jemand erklären, was hier vor sich geht?«, bat sie freundlich.

Sofi schob Sam und mich energisch zur Seite und stürmte an Mama vorbei in den Flur. »Paul liebt eine andere und meine Familie hält mich für bescheuert!« Schrie es, und verschwand trampelnd die Treppe hinunter.

Mama, Sam und ich sahen uns völlig verdattert an.

»Ich würde sagen, wir lassen sie erst mal in Ruhe …«, stellte Sam, ausnahmsweise mal weise, fest.

Mama kratzte sich besorgt am Hinterkopf.

In diesem Moment erklang draußen in der Scheune ein lauter Schrei.

Das verbotene Baumhaus

»Die Kiste!«, rutschte es mir heraus und ich rannte los.

Sam eilte mir nach, während Mama vermutlich langsam den Eindruck bekam, alle ihre Kinder wären verrückt geworden. Sie folgte uns gemessenen Schrittes.

Ich sprintete in die Scheune. Jo und Hummel knieten am Boden neben der verbeulten Kiste, Lany stand daneben und heulte verzweifelt.

»Was ist passiert?«, wollte ich wissen und beugte mich zu meinen Brüdern hinunter.

»Sam, lenk Mama ab«, befahl ich gerade noch rechtzeitig. Er drehte um und fing Mama auf dem Hof ab.

»Lany hat die Kiste fallen lassen«, zischte Jo böse.

Ich zog meine kleine Schwester zu mir heran und versuchte, ihr den Mund zuzuhalten.

»Hör auf, so zu schreien«, flüsterte ich ihr streng ins Ohr. »Sonst kommt Mama rein, und dann haben wir Ärger.«

Lany sah mich erschrocken an und schniefte. Wenigstens war sie direkt ruhig, obwohl mir jetzt ihr Schnodder über die Hand lief.

»Das ist einfach geheim, Mama«, hörte ich Sam vor der Scheunentür sagen. Er redete extra laut, damit wir gewarnt waren. »Bitte, vertrau uns einfach. Wir erzählen dir alles, wenn wir mit der Sache fertig sind, okay?«

Ich konnte Mamas hochgezogene Augenbrauen vor meinem geistigen Auge sehen. Bestimmt machte sie sich Sorgen, aber sie wollte uns auch nicht den Spaß verderben.

»Gut, ich lasse euch noch einmal in Ruhe«, konnten wir sie jetzt vernehmen. »Aber sorgt dafür, dass alle unverletzt bleiben. Und spätestens morgen hat die Geheimniskrämerei bitte ein Ende.«

Ihre Schritte entfernten sich und Sam kam in die Scheune.

»Das war knapp«, meinte er. Dann stieß er einen entsetzten Laut aus. »Was ist denn mit der Kiste passiert?!«

»Runtergefallen«, begann Lany wieder zu schluchzen. »Ich wollte das nicht!«

»Schon gut«, beruhigte ich sie und wischte mit ihrem T-Shirt Spucke und Schnodder weg. Gemeinsam beugten wir uns über die Kiste und den ausgekippten Inhalt. Das Gehäuse an sich war nicht wirklich beschädigt. Auch die Symbole konnte man noch problemlos erkennen.

»Schlüssel und Zylinder sind in Ordnung«, meldete Jo fachmännisch.

Die Steintafel war aber nicht zu retten. In tausend Teile zersplittert lag sie auf dem Scheunenboden verstreut.

»Weiß einer von euch noch, was draufstand?«, forschte Sam nach.

Ich überlegte. »Zahlen …« war alles, was mir noch in den Sinn kam.

Sam schüttelte ungeduldig den Kopf. »Ja, schon klar«, blaffte er. »Aber welche?«

Keiner von uns konnte sich erinnern.

Hummel biss auf seiner Unterlippe herum.

»Vielleicht weiß Sofi es noch«, schlug er vor. »Sie hat es schließlich vorgelesen, oder?«

Ich nickte, aber viel Hoffnung hatte ich nicht. Erstens war Sofi nicht gerade für eine Mathematikbegabung bekannt. Und zweitens befand sie sich in einer hochemotionalen Phase. Selbst wenn es uns gelingen würde, ihr diese Frage zu stellen, ohne mit einem Antistress-Ball beworfen zu werden: Löschte Liebeskummer nicht automatisch alle unwichtigen Dinge aus dem Kurzzeitgedächtnis? Für Sofi hatten die Zahlen bis jetzt schließlich keinerlei Bedeutung.

Resigniert sammelten wir die Steinsplitter zusammen und legten alles wieder in die leicht verbeulte Kiste.

»Was machen wir denn jetzt?«, überlegte Sam.

Es war schon Nachmittag und Mama wollte, dass die Geheimniskrämerei morgen vorbei war. Sofi versteckte sich vermutlich irgendwo vor ihrer schrägen Familie. Und Paul, der Verräter, hatte die geplante Feier für morgen zerstört. Keine gute Sachlage irgendwie.

Hummel, der bis jetzt nicht viel gesagt hatte,

starrte die ganze Zeit auf die Symbole im Kistendeckel. »Kommt euch dieser Baum nicht auch bekannt vor?«, fragte er schließlich.

»Er erinnert mich an das Baumhaus, das wir im Frühling gebaut haben. Wisst ihr noch? Da hinten am Waldweg. Wir haben alte Äste um die drei Stämme gestapelt, weil wir es so cool fanden, dass die Kronen wie ein Dach zusammengewachsen sind …«

»Stimmt!«, pflichtete Jo ihm aufgeregt bei. Seine Wangen glühten vor Begeisterung. »Und als wir fast fertig waren, kam dieser Mann …«

»… der alte Müller-Opa! Der hat uns mega angemeckert und uns weggejagt.«

Bei der Erinnerung an diesen Vorfall wurde mir immer noch ganz komisch im Magen. Wir hatten ganz friedlich gespielt. Plötzlich war der alte Mann angestapft gekommen. Er hatte mit seinem Gehstock gefuchtelt und behauptet, dieser Baum sei ein Naturphänomen und wir würden ihn zerstören. Als ob die paar Zweige der Rinde der Stämme geschadet hätten!

»Du hast recht, Hummel«, bestätigte ich. »Dieses Zeichen erinnert wirklich an die Baumstämme.«

Stolz sah Hummel uns an.

»Ich finde, das ist eine heiße Spur.« Sam klopfte ihm anerkennend auf die Schulter. »Sollen wir hingehen und uns die Sache einmal genauer anschauen?«

Jo und Hummel nickten begeistert.

Lany drückte, immer noch traurig, ihr Gesicht gegen meine Hüfte. »Ich will nicht mitgehen«, jammerte sie.

Weil ich mir Sorgen um Sofi machte, hatte ich auch keine Lust, den Baum anzuschauen.

»Ich bleibe mit Lany hier«, erklärte ich deshalb.

Ich hatte zwar ein bisschen Angst, etwas von dem Abenteuer zu verpassen, aber wahrscheinlich fanden die Jungen sowieso nichts Neues heraus.

Hummel nahm Bella an die Leine und schon zogen die vier los. Die Kiste klemmte Jo sich unter den Arm. Zu diesem Zeitpunkt konnten wir ja noch nicht wissen, dass sie zu Hause sicherer gewesen wäre …

Als die anderen vom Hof gegangen waren, machten Lany und ich uns auf die Suche nach Mama. Sie saß im Garten auf der Bank und befreite frisch geerntete Stachelbeeren von ihren Stielen, um Marmelade aus den leckeren Früchten zu kochen.

»Hast du Sofi gesehen?«, fragte ich vorsichtig.

Mama schaute mich mit einem schelmischen Lächeln im Gesicht an. »Das verrate ich nicht«, gab sie zurück.

Das war überhaupt nicht witzig! Mir schien, dass Mama den Ernst der Lage nicht erfasst hatte. »Mann, Mama!«, schimpfte ich deshalb. »Sofi ist richtig hart traurig, weil Paul noch nicht zurückkommt …«

Mama lächelte immer noch, und das machte mich ganz schön wütend. Eltern können echt manchmal völlig unlogisch sein.

»Mach dir mal keine Sorgen«, meinte sie gelassen. »Sie beruhigt sich bestimmt bald wieder.« Vielleicht war das ja so was wie eine alte Mütterweisheit oder so, aber ich konnte es nicht glauben. Ich ließ Lany bei Mama im Garten und machte mich auf die Suche nach meiner verzweifelten großen Schwester.

Sie saß in der Speisekammer.

Die Speisekammer ist ein kleiner kühler Raum hinter der Küche. Dort bewahren Mama und Papa alle Lebensmittel auf, die sie auf Vorrat einkaufen. Außerdem hatten wir sämtliche Torten, Kuchen und Fingerfood-Sachen da hingebracht, die wir für die Party vorbereitet hatten.

Sofi saß auf dem Fußboden, die Knie angewinkelt und eine Schüssel voller Schokomuffins auf dem Schoß. Ihr Gesicht war mit Schokolade verschmiert. Als ich die Tür öffnete, stopfte sie sich gerade noch einen der braunen Klopse in den Mund – jedenfalls so viel, wie davon hineinpasste.

»Sofi, was machst du da?«, rief ich entsetzt.

»Ich esse alles auf, was wir vorbereitet haben. Wenn der Trottel mich nicht mehr will, dann bekommt er auch keine Party.«

Bevor ich etwas erwidern konnte, schob sie die Schüssel beiseite und angelte nach einer Schale Datteln im Speckmantel.

»Die esse ich als Nächstes«, erklärte sie entschieden.

Ich hockte mich neben sie auf den Boden.

»Mensch, Sofi, du weißt doch gar nicht, ob er wirklich eine andere liebt«, wagte ich vorsichtig zu sagen und sah meiner Schwester in die verweinten Augen. »Vielleicht muss er einer netten alten Dame auf Wiedersehen sagen oder einem lieben Freund ...«

»Und warum antwortet er mir dann nicht mehr?« Sofi hielt mir ihr Handy hin. »Schau, vor über einer Stunde hab ich ihm geschrieben. Und er hat gar nicht darauf reagiert!«

Ich zuckte hilflos mit den Schultern. »Aber du musst doch nicht gleich das Schlimmste vermuten ...«

»Doch«, gab Sofi zurück und stopfte sich gleich vier Datteln auf einmal in den Mund.

Mir wurde schon bei dem Gedanken an das, was sie innerhalb der letzten halben Stunde alles gegessen haben musste, übel. Ich atmete tief durch, aber mir fiel einfach nichts mehr ein, womit ich sie trösten könnte. Also blieb ich einfach schweigend neben ihr sitzen.

Ein paar zähe Minuten später klingelte es plötzlich an der Tür. Erschrocken zuckten wir beide zusammen. Es klingelte noch einmal. Weil ich wusste, dass wir die Einzigen waren, die das Klingeln hörten, ging ich zur Tür. Ich öffnete und taumelte vor Überraschung zurück.

Schüsse im Oberwald

»Ähm, Sofi ... Hier ist jemand, der dich sprechen möchte!«, rief ich, als ich mich einigermaßen gefasst hatte.

Sofi schwieg.

Schnell rannte ich zur Speisekammer und steckte den Kopf hinein. »Sofi, jemand will dich sprechen. Dringend.«

»Ich bin nicht da!«, wehrte Sofi zischend ab. Sie sah mich wirklich böse an.

»Doch, glaub mir, du willst da sein«, beharrte ich. »Los, wisch dir den Mund ab und geh an die Tür!«

Irgendetwas in meiner Stimme schien sie zu überzeugen. Widerwillig richtete meine große Schwester sich auf und putzte sich das Gesicht mit dem Tuch, das ich ihr hinhielt.

»Ich sehe doch voll verheult aus!«, meinte sie unsicher.

Das konnte ich nicht abstreiten. »Ist egal«, ermutigte ich sie. »Los, jetzt geh schon.«

Mit einem fetten Grinsen im Gesicht schaute ich ihr hinterher. Obwohl sie gerade eine Krise hatte und dem Frustfressen erlegen war, sah sie hinreißend aus. Zumindest von hinten. Ihr Po saß knackig in der Jeanshose und das Karohemd stand ihr ausgezeichnet. Die langen blonden Haare lagen glatt auf ihrem Rücken und es klebten auch nur ganz wenige Schokokrümel darin. Paul würde sich freuen, sie zu sehen.

»Paul! Du Mistkerl!«, hörte ich Sofi in diesem Moment kreischen.

Ich bog um die Ecke und sah ein wildes Knäuel von Armen und Beinen, das meine Schwester und ihren Freund darstellte, die sich fast zu Tode umarmten.

Während Paul sein gelungenes Überraschungs-Comeback feierte, Sofi die überschüssigen Schokomuffins wieder von sich gab und ich versuchte, meine Gefühle wieder etwas zu beruhigen, stapften meine Brüder in Richtung Oberwald.

Weil Sofi jetzt mit Paul beschäftigt war und Lany sich zu Mama in den Garten gesellt hatte, beschloss ich, ihnen mit dem Rad zu folgen.

Ich traf meine Brüder auf der Straße ins Oberdorf, dort, wo der Wald in Sicht kam. Ein Weg führt aus dem Dorf hinaus in den Oberwald hinein. An dieser Stelle des Ortes stehen nur noch wenige Häuser.

Die Jungs waren sich sicher, dass mit dem Symbol in der Kiste der Iglu-Baum gemeint war, wie Jo ihn nannte. Als ich bei ihnen ankam, unterhielten sie sich gerade darüber, dass die streng genommen drei miteinander verflochtenen Bäume schon ziemlich alt sein müssten.

Vorsichtig schlichen wir uns am Müllerhaus vorbei. Die Erinnerung an den wütenden Alten stand uns allen noch deutlich vor Augen. Ich versteckte mein Rad im Gebüsch, dann kletterten wir den Hügel hinauf. Atemlos erreichten wir die kleine Anhöhe, auf der sich der Iglu-Baum befand. Wir mussten erst eine Weile suchen, bevor wir ihn entdeckten. Brombeerranken zerkratzen unsere nackten Beine, als wir durch das lichte Unterholz liefen. Eigentlich stand der Baum ziemlich nahe am Weg, aber mehrere Büsche verdeckten die Sicht darauf. Endlich standen wir vor der grünen

Höhle. Drei Stämme ragten in den Himmel, neigten sich aber einander zu, sodass ihre auf etwa zwei Metern Höhe zusammentreffenden Kronen ein Dach aus Ästen bildeten.

Ehrfürchtig strich Sam mit der Hand über einen der drei Stämme. »Buchen«, sagte er leise. Obwohl wir allein im Wald waren, flüsterten die Jungen automatisch.

Jo schlüpfte unter das Blätterdach. »Tja, also ich kann hier nichts Wichtiges entdecken«, stellte er nach drei Sekunden fest.

Bella pinkelte neben den dicksten Stamm.

»Vielleicht ist da was vergraben?«, vermutete Sam halbherzig.

»Aber jetzt hab ich keine Lust, hier zu buddeln. Danke schön, Bella.« Dabei sah er Hummel vorwurfsvoll an, der Bella an der Leine hielt.

»Mann, sie darf pinkeln, wo sie will!«, verteidigte Hummel sich trotzig. »Wir sind hier schließlich in der freien Natur!«

Jo hielt den Finger an die Lippen. »Sch!«, machte er. »Nicht so laut! Nicht dass der Alte wiederkommt.«

Unschlüssig standen wir vier und der Hund um den Iglu-Baum herum.

»Was meintest du eigentlich vorhin, als du gefragt hast, wie alt die Bäume wohl sind, Sam?«, wollte ich nach einer Weile wissen.

Nachdenklich sah der älteste meiner Brüder zu den Baumkronen hinauf. »Na ja, ich hab überlegt, ob es diese Bäume wohl schon gab, als die Kiste hergestellt wurde«, erklärte er ruhig.

Hummel sah ihn an, als wäre er schwer von Begriff. »Na klar, warum sollte man so was sonst da drin einprägen?«

Sam zuckte mit den Schultern. »Es kann ja auch sein, dass der Schatz genau hier vergraben wurde. Und dann haben die, die das gemacht haben, einfach drei junge Bäumchen an dieser Stelle darübergepflanzt.«

Jo knabberte an seiner Lippe und starrte auf den Waldboden unter seinen Füßen. »Das könnte schon sein«, stimmte er zu. »Aber woher konnten diese Leute wissen, dass die drei Bäume sich dann oben vereinigen? Ich sehe hier nur diese drei, die das tun. Die anderen stehen alle ganz normal einzeln.«

Sam nickte. »Da hast du recht. Da müsste jemand nachgeholfen haben, während die Bäume gewachsen sind.«

Eine Weile standen wir alle einfach nur da und überlegten. Um uns herum war es still, nur das leise Rauschen der Bäume und vereinzelte Vogelstimmen waren zu hören.

Plötzlich wurde Bella unruhig. Sie richtete den Blick zum Weg hin und knurrte leise.

»Da kommt jemand«, hauchte Sam.

Rasch duckten wir uns in ein nahes Gebüsch. Ich ärgerte mich, dass ich ausgerechnet heute ein knallpinkfarbenes Shirt trug.

Hummel hielt Bella fest an der Leine und drückte sie zur Erde. »Ruhig, Bella«, raunte er.

Klopfenden Herzens beobachteten wir, wie jemand die Anhöhe heraufkam.

»Ist es der alte Müller?«, wisperte Jo, so leise es ging.

Sam kniff die Augen zusammen. »Könnte sein«, gab er zurück, und Hummel fügte aufgeregt hinzu: »Vielleicht ist er der Wächter des Schatzes!«

Während wir alle mit flacher Atmung und rasendem Puls auf dem modrig riechenden Waldboden lagen, dachte ich über diese Aussage nach. Der Wächter ... Konnte es sein, dass der Alte etwas wusste, was für alle anderen geheim war? Hatte er vielleicht sogar selbst dafür gesorgt, dass die Kronen der Bäume sich im Wachstum miteinander verflochten? Das würde erklären, warum er uns damals so energisch von unserem Baumhaus vertrieben hatte.

»Wo stecken diese Gören?«, hörten wir den runzligen, gebeugten Mann jetzt murmeln. Durch die Äste des Gebüsches konnten wir ihn nur stückweise erkennen. »Ich weiß, dass ihr euch hier herumtreibt!«, kläffte seine Stimme auf einmal laut und rau. »Kommt mir nicht noch einmal unter die Augen! Dieser Wald gehört mir, egal,

was diese verbrecherischen Vaterlandsverräter von Rathausfurzern behaupten!«

Wären wir nicht so angespannt gewesen, dann hätte Hummel sicher losgelacht. Aber der Alte wirkte so aufgebracht, dass mein Bruder sich vor Angst fast in die Hosen machte. Das hat er hinterher selbst gesagt.

Schließlich zog der wütende Mensch ab, ohne uns entdeckt zu haben. Es wurde wieder totenstill im Wald und mein Herzschlag beruhigte sich langsam.

Daran, wie Bella sich entspannte, merkten wir, dass der Müller wirklich verschwunden war.

Vorsichtig krochen wir aus dem Gebüsch.

»Ich gehe auf keinen Fall auf demselben Weg zurück«, stellte Jo entschlossen klar. Er hatte die Arme vor der Brust verschränkt. »Am Haus dieses Typen bringen mich jetzt keine zehn Pferde vorbei!«

Sam atmete tief durch. Er hatte wohl auch keine Lust auf Ärger. »Ich weiß aber nicht, wo dieser Weg hier endet«, gab er zu bedenken. »Und querfeldein zu gehen, schafft Bella vielleicht noch nicht, oder, Hummel?«

»Ich weiß nicht«, antwortete Hummel zögernd. »Ich glaube, das wäre heute noch keine gute Idee.«

Wir ließen den Blick in die Richtung schweifen, in der der Himmelhof liegen musste. Es war schon ein ganzes Stück zu gehen, wenn man den Weg und die Dorfstraße benutzte. Durch den Wald wäre es viel komplizierter, weil er sich in Bögen um das Dorf wand.

»Eigentlich müssen wir doch nur das letzte Stück des Weges meiden«, schlug ich deshalb vor. »Also einmal hier durch und dann wieder zurück ins Dorf ...«

Hummel und Jo folgten mit den Blicken meinem ausgestreckten Zeigefinger. Man konnte nur die ersten paar Meter erkennen, dann verschwand der Waldboden in einer Senke.

»Ich schätze, da sind Felsen«, wandte Sam ein und lief ein paar Schritte. Bevor wir ihn aus den Augen verlieren konnten, blieb er plötzlich stehen und kniete sich hin. Gerade, als wir ihm folgen wollten, richtete er sich wieder auf. Schnell kam er zu uns zurück.

»Leute, ihr wisst doch, wie das bei unseren Kletterfelsen ist, oder?«

Obwohl wir nicht genau wussten, worauf Sam hinauswollte, nickten wir brav.

»Wenn man von oben kommt, sieht man sie erst gar nicht. Und dann steht man plötzlich an der Kante.«

Das stimmte. Normalerweise kamen wir immer von unten an die Felsen heran, weil der Himmelhof unterhalb dieser Gneisblöcke gelegen war. Aber wenn wir dann nach oben geklettert waren, ging das Gestein in den Hügel über. Von oben kommend ahnte man lange nicht, dass der Hügel an manchen Stellen abgebrochen war.

»Hier ist es genauso«, erklärte Sam. »Es geht nicht besonders tief runter. Vielleicht so zwei, drei Meter. Aber Bella würde das nicht schaffen. Außerdem ist ringsherum alles mit Brombeergestrüpp zugewachsen.«

»Schade um die schönen Brombeeren«, murmelte Jo bedauernd. »Bestimmt will der alte Müller sie einfach für sich allein haben, und es geht ihm gar nicht um den Baum.«

»Haha«, machte Sam. »Dann könnte er uns ja jetzt in Ruhe lassen. Die Beeren sind sowieso noch nicht reif.«

Weil wir einsahen, dass durch den Wald kein Durchkommen für die verletzte Bella war, blieb uns nichts anderes übrig, als dem Weg in die verkehrte Richtung zu folgen. Schwitzend und keuchend arbeiteten wir uns den Hügel hinauf. Der Weg schlang sich kurz an einem Feld vorbei und führte dann wieder in den Wald.

»Wir kommen viel zu weit vom Dorf weg«, maulte Jo. Er fiel immer mehr hinter uns andere zurück.

Ich merkte, wie ich innerlich aggressiv wurde. Es macht mich immer wütend, wenn Jo so theatralisch wird, um uns dazu zu zwingen, langsamer zu gehen.

Sam schien es ähnlich zu gehen. »Was anderes bleibt uns nicht übrig!«, rief er ihm zu. Seine Stimme klang nicht gerade freundlich.

»Es sei denn, du willst umkehren und dem Müller begegnen«, sagte ich.

»Bitte nicht.« Hummel klang ängstlich. »Es

sah so aus, als hätte er ein Gewehr über der Schulter.«

Jos Augen weiteten sich, aber Sam winkte ab. »Was du wieder gesehen haben willst«, spottete er. »Los jetzt, weiter. Irgendwo muss dieser Weg doch hinführen!«

Der Weg endete am Waldrand vor einer großen Wiese. Und diese Wiese ließ den Blick auf einen Ort frei, der uns nur zu gut bekannt war.

»Der Winterteich!«, keuchte Jo, als er bei Sam, Hummel und mir ankam.

Fasziniert sahen wir alle auf die Stelle, wo die Sache mit der Kiste ihren Anfang genommen hatte.

»Mühlteich«, korrigierte Sam altklug. Dann schlug er sich mit der flachen Hand vor die Stirn. »Merkt ihr was?«, fragte er, und seine Stimme kiekste dabei.

Hummel, Jo und ich sahen ihn verständnislos an.

»Der *Mühl*teich!«, wiederholte Sam nachdrücklich. »Hier stand mal eine *Mühle*! Und der Alte heißt zufällig *Müller* ...«

»Okay ...«, machte Hummel, der immer noch nicht kapierte, warum Sam plötzlich so begeistert war.

»Mensch, ein Müller ist der, der in einer Mühle Getreide mahlt. Weißt du das etwa nicht?« Jo hatte es inzwischen begriffen, war aber immer noch skeptisch.

Für mich war die Sache auch noch nicht so überzeugend. »Aber Müller heißen doch ganz viele Leute. Das muss doch nichts bedeuten«, wandte ich ein.

Sam zuckte mit den Schultern. »Ja, das stimmt«, gab er zu. »Aber es ist trotzdem auffällig. Wie dem auch sei«, er zog einen Schuh aus und kippte ein Steinchen heraus, »zumindest wissen wir jetzt, wie wir am schnellsten nach Hause kommen.«

Das war zwar wahr, aber der Weg war trotzdem noch weit. Es war schon ziemlich spät, als wir wieder auf dem Himmelhof ankamen.

»Wo ist denn dein Fahrrad?«, fragte Mama, als wir durch die Gartenpforte traten.

So ein Mist, ich hatte total vergessen, dass ich es oben im Wald gelassen hatte!

»Das findet so schnell keiner«, beruhigte Sam mich. »Wir holen es morgen früh. Jetzt brauchen wir erst mal was zu trinken, wir sind ewig weit gelatscht.«

Mama runzelte unwillig die Stirn, sagte aber nichts. Vermutlich, weil mein Fahrrad sowieso alt und beinahe wertlos ist. Sie nahm Lany an der Hand und die beiden verschwanden im Haus.

Sam hatte unterdessen Becher und Wasser aus der Küche geholt. Wir setzten uns an den Tisch im Hof und wollten gerade anfangen, ein bisschen Ordnung in unsere Gedanken zu bringen, da kam Frau Mehring durch das Hoftor.

Ich hätte ihr das zwar niemals zugetraut, aber sie versetzte uns alle gleich noch einmal neu in Aufregung. Sie ist schon uralt. Ich sehe sie fast jeden Tag auf der Dorfstraße, immer mit ihrem Fahrrad. Es ist noch viel älter als meins. Vielleicht habe ich sie deshalb noch nie *auf* dem Rad gesehen. Sie schiebt es immer nur und am Lenker hängen stets mehrere Tragetaschen.

»Guten Abend, Frau Mehring!«, sagten wir höflich.

Frau Mehring bedachte uns mit einem wohlwollenden Blick und blieb vor uns stehen. Die alte Dame kauft manchmal Eier bei uns, weil sie keine eigenen Hühner mehr hält.

»Na, Kinder«, sagte sie und lehnte ihr Rad an die Kuhtränke.

»Wollen Sie sich setzen?« Hummel war aufgesprungen und zeigte auf den freien Stuhl.

»Ach, ja, eine kleine Pause wird mir guttun.« Sie nahm Platz und Sam reichte ihr einen Becher Wasser.

Manchmal staune ich darüber, wie wohlerzogen wir uns auf Knopfdruck verhalten können. Wenn Frau Mehring nicht aufgetaucht wäre, dann hätten wir uns zu diesem Zeitpunkt wahrscheinlich schon wieder in den Haaren gehabt.

»Vielleicht weiß Frau Mehring was!«, platzte Hummel plötzlich heraus. »Sie ist doch schon richtig alt!«

Erschrocken sahen wir zuerst uns gegenseitig, dann Frau Mehring an. Hoffentlich war sie nicht beleidigt!

Aber die alte Dame lächelte nur amüsiert. »Womit kann eine alte Frau euch denn dienen?«, wollte sie wissen.

Sam gab Hummel einen Tritt, der verhindern sollte, dass der Kleine ein Wort über die Kiste verlor. Dann fragte er, ob Frau Mehring während des Zweiten Weltkrieges auch schon in unserem Dorf gewohnt habe.

»Ach, ja ...« Die Augen der Frau bekamen diesen versonnenen Ausdruck, den auch Omas Augen manchmal annehmen, wenn sie von der Vergangenheit redet. »Zum Glück war nicht viel los hier. Keine Bomben bis auf die eine, die ein Flugzeug auf dem Weg zur Stadt wohl aus Versehen verloren hat.«

Ich schauderte. Der Krieg macht mir Angst, auch wenn er schon so lange her ist.

»Und dann gab es da diese Schießerei im Oberwald.«

Wie elektrisiert richteten wir vier Kinder uns auf und spitzten die Ohren.

»Schüsse im Oberwald?«, keuchte Jo. »Was ist denn da passiert?«

Frau Mehring sah uns überrascht an. Wahrscheinlich hatte sie nicht mit so viel Interesse gerechnet. Sie lehnte sich in ihrem Stuhl zurück, nahm einen Schluck aus dem Wasserglas und richtete den Blick in eine innenliegende Ferne. »Es war ganz am Ende des Krieges. Irgendwann im Frühjahr 1945.« Sie machte eine Pause, als müsse sie erst einmal die letzten siebzig Jahre beiseiteschieben, um die Erinnerungen freizulegen. »An einem nebligen Morgen rumpelte auf einmal eine Lkw-Kolonne durch das Dorf. Ich glaube, es waren fünf oder sechs Lastwagen. Meine Eltern ließen mich nicht aus dem Haus, weil es Wagen der Armee waren. In diesen Tagen wusste man nie, was als Nächstes geschehen würde.«

Gespannt lauschte ich den Worten der alten Frau. Ich stellte mir vor, wie sie als kleines Mädchen hinter der Gardine gehockt und die Lastwagen beobachtet hatte.

»Die Lkw bogen in den Oberwald ab; dort, wo der alte Müller wohnt.«

Jo nickte heftig. Alles, was wir hier gerade hörten, passte zu unserer Vermutung.

»Der alte Müller war schon in seiner Jugend ein

ganz harter Knochen«, zischte Frau Mehring. Ihre Augen blitzten böse. Wahrscheinlich war sie auch heute nicht gut auf ihn zu sprechen. »Er machte ganz enge Sache mit dem Führer.«

»Das war Hitler«, flüsterte Jo Hummel zu. Der lauschte Frau Mehrings Worten mit offenem Mund.

»Jedenfalls hörte man eine Weile nichts mehr. Die Lastwagen blieben ziemlich lange im Wald. Dann verschwanden sie über den Hügel.«

Die anderen sahen so enttäuscht aus, wie ich mich fühlte. Sam goss sich neues Wasser in den Becher. Also doch keine Schüsse? Aber Frau Mehring war noch nicht fertig.

»Am Abend strolchte ich hinten bei der alten Mühle durch den Wald«, erzählte sie weiter.

»Wir Kinder trafen uns gerne dort, auch wenn wir nie bis zum Teich gingen. Dort wohnte schließlich der Vater des alten Müller, und der war noch schlimmer als sein Sohn.«

Wieder machte die Frau eine Pause. Anscheinend gefiel es ihr, uns auf die Folter zu spannen. »Wir hatten entdeckt, dass die Lastwagen auf dem Weg standen, der zur Mühle führt.«

Bestimmt meinte sie den Weg, den wir heute gegangen waren. Gebannt hing ich an Frau Mehrings Lippen. Jetzt wurde es richtig gruselig.

»Ich beobachtete, wie die Fahrer aus den Führerhäuschen sprangen und in den Hof der Mühle gingen. Dann kamen andere von dort heraus und fuhren mit den Wagen davon. Gerade wollte ich auch gehen, da hörte ich es.«

Hummel quiekte vor Aufregung. »Schüsse!«

Frau Mehring nickte. »Ja, Schüsse aus dem Hof der Mühle. Ich machte, dass ich wegkam. Aber seit diesem Tag glaube ich, dass der alte Müller da hinten im Oberwald etwas bewacht hat, was alle, die es angeliefert haben, mit dem Tod bezahlen mussten.«

Es entstand eine lange Stille, als Frau Mehring geendet hatte. Über meinen Rücken lief eine Gänsehaut.

»Wurde denn nicht nachgeforscht, was da geschehen ist?«, wagte ich schließlich zu fragen. Die alte Frau schüttelte nur den Kopf. »Es sind so viele schlimme Dinge überall passiert, damals«, sagte sie leise. Ihre Stimme klang jetzt brüchig.

»Keiner hat gewagt nachzufragen. Natürlich kursieren seither wilde Gerüchte darüber, was die Lastwagen in dem Waldstück verladen haben. Wahrscheinlich wird es Schmugglerware gewesen sein. Die meisten glaubten damals, dass der alte und der junge Müller Lebensmittel und Tabak schwarz gehandelt haben. Die Zeiten waren hart und man konnte mit so etwas viel Geld verdienen.«

»Also kein Schatz?«, murmelte Hummel enttäuscht.

Zum Glück hörte Frau Mehring das nicht, denn in diesem Augenblick kam Mama wieder aus dem Haus. Sie begrüßte die alte Dame und verwickelte sie in ein Gespräch.

Wir Kinder steckten die Köpfe zusammen und überlegten, ob diese Geschichte etwas mit der Kiste zu tun haben könnte.

Der Zahlencode

Sofi war am Abend auch wieder ansprechbar. Sie saß mit Paul kuschelnd auf der Hollywoodschaukel im Garten und lauschte mit seligem Gesichtsausdruck seinen Erzählungen. Jo und ich näherten uns den Turteltauben etwas zögerlich.

»Jo, mein Kämpfer für Recht und Gerechtigkeit!« Paul sprang auf und schloss Jo fest in die Arme. »Ich hab dich vermisst«, behauptete er und strubbelte meinem kleinen Bruder durch die Haare.

Ein kleiner Stich der Eifersucht pikte in mein Herz. So eine stürmische Begrüßung hatte ich nicht bekommen. Aber hey, Paul war ja auch der Freund meiner Schwester. Er wollte ja sicher nicht den Verdacht erregen, mit mir zu flirten. Bei diesem Gedanken musste ich unwillkürlich grinsen und Sofi sah mich verwundert an.

Wenn sie wüsste, wie sehr ich sie um ihren Freund beneide! Aber immerhin hatte Luca mittlerweile auch schon mehr als zwei Worte mit mir gewechselt. Irgendwann würde ich mit ihm auf dieser Schaukel sitzen, ganz ohne Hühnerkacke im Gesicht oder Matsch am Hintern. Es war nur eine Frage der Zeit.

»Sofi, du musst uns was sagen«, forderte Jo, sobald Paul ihn freigelassen hatte.

Paul sah Sofi fragend an und Sofi wiederum runzelte die Stirn.

»Worum geht es denn?«, wollte sie wissen.

Jo setzte sich neben sie auf die Schaukel, was Sofi gar nicht lustig fand. Noch unlustiger fand sie das Gewisper, mit dem er sich ihrem Ohr näherte.

»Mann, rede doch einfach normal mit mir!«, herrschte sie ihn ungeduldig an.

Wie schon erwähnt, Teenager haben so starke Gefühlsschwankungen. Man weiß einfach nie, wann sie glücklich sind und wann plötzlich genervt. Bei Sofi ist das auf jeden Fall so. Obwohl ich es, ehrlich gesagt, auch nicht leiden kann, wenn meine kleinen Brüder mir beim Stille-Post-Spielen ins Ohr spucken.

»Ich habe keine Geheimnisse vor Paul!«

»Ich aber«, bockte Jo. »Er war ein Jahr in Amerika. Du weißt ja nicht, ob er zwischenzeitlich ein feindlicher Spion geworden ist.«

Der feindliche Spion bekam einen Lachkrampf und ich rollte mit den Augen.

»Jetzt frag sie schon!«, drängte ich. Ich hatte keine Lust, ewig auf Sofis Antwort zu warten. Jo, der nicht verstehen konnte, wie wir dem unter dem Einfluss der amerikanischen Kultur stehenden Paul so blind vertrauen konnten, fing wieder an zu flüstern: »Weißt du noch, was auf der Steintafel stand?«

»Welche Stein…«, brauste Sofi los.

Jo legte ihr die Hand auf den Mund. »Wenigstens so leise, dass Mama es nicht hört!«, flehte er.

Sofi schob seine Hand weg und schnaubte. »Also schön. Du meinst dieses Steindings aus eurer matschigen Kiste?«

»Genau. Erinnerst du dich an die Zahlen?«

»Klar.« Sofi nickte. »Warum denn? Habt ihr sie verloren?«

»Nein, Lany hat sie kaputt gemacht«, erklärte

ich zerknirscht. »Weißt du wirklich noch genau was draufstand?«

»2-1 und dann entweder 4 und 3 oder 3 und 4. Was versprecht ihr euch davon?«

Der amerikanische Spion rückte näher heran. »Worüber redet ihr überhaupt?«

Jo strafte ihn mit Missachtung. »Wir müssen es eben wissen«, gab er Sofi knapp zur Antwort. Dann stand er auf und zog an meiner Hand. »Los, Emmi, komm mit!«

Ich schüttelte ihn ab. »Warte doch mal.« Mir wollte nicht in den Kopf, wie Sofi sich von einem kurzen Blick auf die Tafel die Zahlen gemerkt hatte. »Wie kommt es, dass du das noch weißt?«, fragte ich. In meiner Stimme schwang Bewunderung mit.

Sofi kuschelte sich wieder an ihren amerikanischen Spion an und lächelte überlegen. »Ganz einfach: der 2.1. ist Pauls Geburtstag. Und die anderen beiden Zahlen passten zu 1 bis 4. War irgendwie logisch für mich.«

»Sobald wir weg sind, wird sie ihm alles verraten«, maulte Jo, als wir uns umdrehten.

Er zerrte mich zur Veranda hinunter.

»Du spinnst auch manchmal ganz schön«, gab ich zurück. »Amerikanischer Spion! So ein Blödsinn.«

Auf der Veranda war der Rest der Himmelweit-Kinder bereits versammelt. Weil Mama schon auf unsere Treffen in der Scheune aufmerksam geworden war, hatte Sam beschlossen, dass wir uns lieber an einem anderen Ort besprechen sollten.

»Also, tragen wir noch mal zusammen«, begann Sam.

»Paul ist wieder da!« Das kam von Lany, die auch wieder dabei war.

Sam machte »Sch!«, und Hummel drückte Lany an sich.

»Ich freu mich auch darüber«, flüsterte er ihr liebevoll zu.

Dann nahm Sam sein Handy aus der Tasche und öffnete die Fotos, die er von der Kiste gemacht hatte. Er fand, dass Fotos wichtig waren, denn es konnte ja jederzeit etwas kaputtgehen – wie Lany bewiesen hatte. »Wir haben also den Baum gefunden und deutliche Hinweise darauf, dass dort irgendetwas Geheimnisvolles verborgen wird«, erklärte er feierlich.

Ich umschlang meinen Oberkörper mit den Armen. Mir war plötzlich kalt und das lag nicht am Wetter. »Etwas extrem Gruseliges!«, warf ich ein.

Sam wiegte den Kopf hin und her. »Das ist doch alles ewig her«, behauptete er. Aber seine Stimme klang nicht ganz so überzeugend, wie ich mir das gewünscht hätte. »Ungefähr fünfundsiebzig Jahre!«

»Aber der alte Müller läuft immer noch mit der Schrotflinte durch den Wald«, beharrte Jo. »Das heißt, er ist echt gefährlich!« Ihm schien es auch nicht viel besser zu gehen als mir.

»Mensch, Leute, jetzt habt euch mal nicht so!«, schimpfte Sam. »Wollt ihr eine aufregende Schatzsuche erleben oder nicht? Ein bisschen Gefahr gehört dazu!«

Hummels Mund stand schon wieder offen. Er streichelte hektisch durch Bellas Fell. »Ich hab aber Angst vor dem Mann«, murmelte er.

Der Blick, den Sam uns allen zuwarf, sprach Bände. »Seid ihr Feiglinge oder seid ihr würdig, den Name Himmelweit zu tragen?«, fragte er herausfordernd.

Wir anderen blickten betroffen zu Boden.

»Himmelweit!«, sagte Jo dann entschlossen.

Hummel, Lany und ich nickten. Obwohl Lany natürlich keinen Schimmer hatte, was hier vor sich ging.

Sam nickte zufrieden. »Gut, dann mal los. Wer hat eine Idee, was es mit den Zahlen auf sich haben könnte?«

Ich knabberte an meiner Lippe, Sam begann, an den Fingernägeln zu kauen. Jo bohrte in der Nase und Hummel zwirbelte kleine Zöpfchen in Bellas Fell. Lany hingegen war schon wieder abgelenkt und beobachtete irgendein Insekt, das über die Terrasse krabbelte.

»Ein Code für ein Zahlenschloss ...«, schlug Jo vor. Es klang nicht besonders überzeugt. »Könnte sein«, meinte Sam. »Aber warum dann ausgerechnet die Zahlen Eins bis Vier? Ein Zahlenschloss hat die Ziffern Null bis Neun.«

Es war wieder eine Weile still. Dann tippte Sam auf das Foto von der Kiste.

»Es sind vier Symbole«, grübelte er laut.

Mein Herz machte einen Extraschlag. »Vielleicht soll es die Reihenfolge sein, in der man die Symbole lesen muss!«, platzte ich heraus.

Sam nickte anerkennend.

»Hä?«, machte Hummel. »Die haben doch schon eine Reihenfolge. Warum soll man die ändern?«

»Keine Ahnung«, gab ich zu.

Aber Jo hatte Feuer gefangen. »Wir sind zuerst zu dem Baum gegangen«, erklärte er eifrig. »Aber da ist ja noch ein Berg ... Und ein Hakenkreuz ...«

»Also, warte mal.« Sam drehte das Foto so um, dass er die Symbole besser sehen konnte. »Was hat Sofi gesagt?«

»2-1-4-3«, sagte ich, und Jo ergänzte:

»Oder 2-1-3-4, sie war sich nicht sicher.«

»Das würde bedeuten ... Zuerst kommt der Baum, das zweite Symbol. Dann der Berg ... Danach das Hakenkreuz, und schließlich der Edelstein.«

»SPION!«, brüllte Jo in diesem Moment und sprang auf. Ich zuckte zusammen.

»Jetzt reg dich aber mal ab«, meckerte Sofi, die

plötzlich mit Paul auf der Veranda stand. »Gewöhn dich daran, dass Paul wieder da ist. Er gehört zum Himmelhof wie du und ich.«

»Als ob ihr verheiratet wärt!«, schnaubte Jo entrüstet. Er kann manchmal ein bisschen übertreiben. Auf Sofis und Pauls Hochzeit freue ich mich allerdings schon, aber das ist ja jetzt nicht so das Thema.

Paul kam neugierig näher. As er das Foto sah, pfiff er bewundernd durch die Zähne.

»Nicht schlecht«, sagte er lobend. »Und das Ding hast du im Winterteich gefunden, Jo?« Geschmeichelt sah Jo ihn an. Stimmt ja, *er* hatte die Kiste gefunden! Wie gut, dass Paul alle daran erinnerte. Sofi hatte ihm also wirklich gleich alles erzählt.

Hastig nickend zeigte Jo auf den blauen Fleck, der sich mittlerweile an seinem Schienbein gebildet hatte. »Guck, hier habe ich mich an der Kante gestoßen. Dadurch haben wir sie überhaupt erst entdeckt!«

»Echt Klasse«, befeuerte Paul die Schmeichelei.

Ich glaube, er wollte so schnell wie möglich seinen Ruf als feindlicher Spion loswerden. Leider kam in diesem Moment Papa aus dem Haus.

»Kinder, wo steckt ihr?«, rief er.

Bella sprang auf und lief zu ihm hin. Wenn Papa abends rief, dann hieß das: Essen für alle. Auch für Bella.

Rasch schob Sam sein Handy in die hintere Hosentasche und folgte uns ins Haus.

Beim Essen waren wir alle aufgeregt und unkonzentriert. Mama meckerte ständig, weil Gläser umgestoßen wurden und Brot auf den Boden fiel. Meine kleinen Brüder konnten einfach nicht still sitzen.

»Was ist nur los mit euch?«, stöhnte auch Papa, als er zum dritten Mal einem Schwall Wasser ausweichen musste.

»Das liegt sicher nur an mir«, grinste der amerikanische Spion und zwinkerte Jo zu.

Mama, die die Geheimniskrämerei nicht vergessen hatte, runzelte ungläubig die Stirn.

»Ist alles fertig für die Party morgen?«, fragte sie dann aber nur.

Sofi nickte und erklärte noch einmal, was geplant war. Am Vormittag sollten die restlichen Sitzgelegenheiten aus dem Haus nach draußen gebracht werden. Toiletten putzen und Mülleimer aufstellen, Kaffee kochen und die warmen Speisen fertig machen: Es klang, als wäre doch noch einiges zu erledigen, bevor um vierzehn Uhr die Gäste kommen würden.

Ich biss auf meiner Lippe herum. Eigentlich hatte ich mich ja auf die Party gefreut. Wirklich, ich mag sogar diese Vorbereitungen. Und all die Leute dazuhaben. Pauls Freunde und Familie, Sofis Freundinnen und auch die Freunde von mir und meinen Geschwistern: Das würde superschön werden. Gartenfeten auf dem Himmelhof sind seit jeher legendär.

Aber diesmal war alles anders. Denn keiner von uns konnte sich vorstellen, mit der Schatzsuche bis übermorgen zu warten.

Jetzt, so im Rückblick, wäre das vielleicht die bessere Idee gewesen. Andererseits hätten wir dann die Sache mit dem Müll am Winterteich nicht aufgeklärt. Und überhaupt, es hat ja gar keinen Sinn, darüber nachzudenken, was gewesen wäre, wenn. Denn die Sache nahm ihren Lauf und alles kam irgendwie anders, als wir es erwartet hatten.

»Lany, Hummel, Jo und Emmi, ihr geht jetzt am besten direkt ins Bett«, sagte Mama, als der Tisch abgeräumt war. Meine Brüder und Lany stießen ein lautes Protestgeheul aus.

»Wieso? Es ist doch noch hell!«, schimpfte Jo.

»Im Sommer ist es immer lange hell«, erklärte Mama geduldig.

Natürlich wusste Jo das längst und es beeindruckte ihn gar nicht.

»Morgen früh brauche ich ausgeschlafene Kinder und jede helfende Hand«, verlieh Mama ihrer Aussage Nachdruck. Sie scheuchte uns nach oben Richtung Badezimmer.

»Geht einfach ins Bett und tut so, als wolltet ihr schlafen«, zischte ich Hummel und Jo heimlich zu, während Mama Lany die Zähne nachputzte. »Ich kümmere mich um den Rest.«

In meinem Kopf hatte ich längst einen Plan ausgeheckt, wie wir die Schatzsuche doch noch heute Abend erledigen konnten.

Heimliches Abenteuer

Als Erstes mussten wir alle vorgeben, dass wir tatsächlich schlafen wollten.

Hummel und Jo hatten kapiert, was ich vorhatte. Nur Lany stellte ein Problem dar. Ehrlich gesagt wollte ich sie nicht dabeihaben. Sie ist ja süß und klug und manchmal auch echt hilfreich. Aber nachts mit ihr durch den Wald zu schleichen – nein, das klang nach keiner guten Idee.

Wir mussten also versuchen, ins Bett zu gehen, so zu tun, als würden wir schlafen – so lange, bis Lany wirklich eingeschlafen war – und dabei selbst wach bleiben. Diesen Plan raunte ich Jo zu, bevor ich in mein Zimmer schlüpfte.

Hummel, Jo und Lany teilen sich den größten Raum im Obergeschoss. Mein Zimmer liegt genau daneben. Es ist ziemlich klein, aber sehr gemütlich. Außerdem hat es eine Besonderheit: Unterhalb der Dachschräge verläuft auf der ganzen Länge des Hauses ein durchgehender Wandschrank. Er verbindet drei Zimmer miteinander: meins, das von Sam und den Raum meiner drei kleineren Geschwister. Der Schrank ist vollgestopft mit Spielzeugen, Decken, Campingzubehör und allerlei Zeugs, das wir nur alle paar Jahre einmal brauchen. Mama glaubt wahrscheinlich, dass in diesen Schrank nichts mehr hineinpasst. Aber wir Kinder achten darauf, dass hinter all dem Gerümpel immer ein schmaler Gang bleibt, durch den wir kriechen können.

Nachdem Mama uns allen eine gute Nacht gewünscht und mit uns gebetet hatte, wie sie es jeden Abend tut, wartete ich noch ein paar Minuten ab.

Im Haus wurde es still. Ich konnte hören, wie Mama und Papa sich mit einem Glas Wein an den Tisch im Hof setzten und sich leise unterhielten. Aus Sams Zimmer drang Musik. Sofi und Paul waren noch einmal weggefahren. Vermutlich zu Pauls Eltern. Hoffentlich schlief Lany schnell ein ... Während ich nach nebenan lauschte, wo Lanys Stimmchen noch Geschichten erzählte, glitt mein Blick durch das Zimmer. Er blieb an einem kleinen Papierstapel hängen. Die Petition. Bei all dem Trubel der letzten Tage hatte ich sie beinahe vergessen. Papa hatte uns zwar kürzlich erzählt, dass im Internet schon so einige Unterschriften zusammengekommen waren, aber es reichte längst noch nicht.

Weil ich gerade nichts anderes zu tun hatte, nahm ich die Papiere noch einmal in die Hand. Ganz oben lag der Zeitungsausschnitt, der Hummel und Jo an ihrem Müllstand zeigte. Ein unangenehmes Gefühl breitete sich in meinem Bauch aus. Die Schwindelei Luca gegenüber presste sich wieder heiß in mein Herz. Ich wünschte, ich hätte ihn nie angelogen. Überhaupt hatte ich auf einmal richtige Sehnsucht danach, wieder einmal mit ihm zu reden. Schade, dass ich ihn nicht noch mal getroffen hatte seit der Sache auf dem Gemeindeamt. Es wäre so schön, wenn wir Freunde sein könnten ... na ja, und noch ein bisschen mehr, so wie Sofi und Paul. Nur ohne Amerika.

Ich las den Zeitungsartikel noch einmal durch und legte ihn zur Seite. Das nächste Blatt war die

Unterschriftensammlung meiner Brüder. Und dann kam der Zettel mit Lucas Unterschrift.

Wie schwungvoll seine Buchstaben aussahen! Man konnte förmlich sein fröhliches, anpackendes Wesen daraus ablesen. Darunter mein krakeliger Name. Luca und Emilia. Ich seufzte. Dann legte ich das Blatt beiseite. Meine Augen wurden groß. Was war denn das für ein Umschlag? Er hatte unter all den Blättern der Petition gelegen und ich hatte ihn noch nie gesehen. Es war ein weißer Briefumschlag, auf dem mein Name stand. Und zwar in schwungvollen, energiegeladenen Buchstaben geschrieben! Wie kam der auf meinen Schreibtisch? Mit zitternden Fingern öffnete ich ihn. Ein kleiner Zettel steckte darin.

Hi Emmi, falls ich euch noch mal bei der Müllsache behilflich sein kann, ruf mich einfach an: 0163/8687638. Bin fast die ganzen Ferien bei Oma. Viel Glück! Luca.

Mir blieb beinahe die Luft weg. Wie lange lag der Brief wohl schon hier? Warum hatte ich ihn nicht gesehen?

Dann fiel mir ein, was Mamas Prämisse ist: Alles, was uns Kindern gehört und mehr als drei

Tage lang unten im Wohn- oder Esszimmer herumliegt, wird unsortiert in unsere Zimmer gelegt. Post legt derjenige, der sie aus dem Briefkasten holt, immer auf den Schreibtisch des Empfängers. Also hatte irgendwer den Brief hier hingelegt und Mama hatte das Petitionszeug einfach draufgepackt. Ich hätte mich sonstwohin beißen können. Da lag vermutlich seit Tagen eine hochwertvolle Nachricht meines Angebeteten in meinem Zimmer und ich hatte nichts davon gewusst! Wie einen Schatz drückte ich den Zettel an meine Brust.

Dann schnappte ich mir mein Handy und speicherte die Nummer ein. Ich hatte seine Nummer! Natürlich würde ich mich niemals trauen, ihn anzurufen. Aber ich hatte seine Nummer.

Im Nebenzimmer war es mittlerweile still geworden. Ob Lany jetzt schlief?

Ich quetschte mich in den Wandschrank und robbte zu meinen Geschwistern hinüber.

»Pst!«, machte ich vorsichtig, bevor ich meine Nase zwischen dem Karton für die Kartbahn und einer Kiste mit Legosteinen heraussteckte.

Jo schlüpfte aus dem Bett und kam auf Zehenspitzen zu mir herüber. »Sie ist gerade erst eingeschlafen«, flüsterte er.

Hummels Bett stand neben dem Wandschrank. Er lehnte sich heraus, um uns zu verstehen.

»Mama und Papa sitzen im Hof«, erklärte ich leise. »Das bedeutet, dass es schwierig sein wird, die Kiste ungesehen aus der Scheune zu holen ...«

In diesem Augenblick wurden Hummels Augen riesengroß. »Die Kiste!«, quiekte er so laut, dass Jo ihm die Hand auf den Mund presste.

Lany murmelte irgendwas und drehte sich im Bett um.

»Leise!«, zischte Jo. Aber Hummel stiegen schon die Tränen in die Augen.

Erschrocken sah ich ihn an. »Was ist denn los?«

»Die Kiste ist nicht in der Scheune«, erklärte Hummel schniefend.

Jetzt wurden auch Jos Augen groß. »Sag bloß, wir haben sie ...«

Ich hatte keine Ahnung, was das Problem sein sollte. Die Kiste war doch die ganze Zeit unter dem Heuhaufen gewesen.

Aber da sprudelte es auch schon aus Hummel heraus: »Wir haben die Kiste doch mit in den Wald genommen«, erzählte er mit zitternder Stimme. »Dann waren wir dort an dem Baum, und dann kam der alte Müller ...«

»Wir mussten uns in den Büschen verstecken«, ergänzte Jo.

»Und als wir dann abgehauen sind ...«

»... da haben wir vor lauter Aufregung die Kiste stehen lassen.«

Ich schnappte nach Luft. Mir war überhaupt nicht aufgefallen, dass einer von ihnen die Kiste bei sich getragen hatte. »Und das fällt euch jetzt erst ein?«, schnaubte ich entsetzt. Hätten die Jungen das nicht schon viel früher bemerken müssen?

»Ich dachte, Jo hätte sie mitgenommen«, flüsterte Hummel kleinlaut.

»Und ich hab gedacht, Sam hätte sie.«

Ich stöhnte auf. Die Sache war plötzlich um einiges komplizierter geworden als gedacht. Aber in diesem Augenblick waren wir alle noch optimistisch. Bestimmt hatte der Mann die Kiste überhaupt nicht entdeckt. Schließlich hatte er keine Ahnung, dass sie in unsere Hände gelangt war. Und vielleicht wusste er ja auch gar nicht, dass es sie überhaupt gab.

Wir haben dem alten Müller einfach zu wenig zugetraut. Zum Glück, denn sonst hätte zumindest ich mich nicht noch einmal in den Wald gewagt.

»Ich krieche jetzt rüber zu Sam«, beschloss ich. »Dann klettern wir hinten durch das Giebelfenster nach draußen und schleichen uns in den Oberwald. Es ist ja noch hell. Also holen wir die Kiste und dann sehen wir weiter.«

Besonders begeistert waren meine Brüder nicht von dem Gedanken, heute gleich noch einmal am Haus des Müller-Menschen vorbeizugehen. Aber die Kiste unbewacht im Gebüsch stehen lassen? Das kam auch nicht infrage.

Zum Glück flippte Sam nicht aus, als ich ihm von dem Dilemma berichtete. Er war selbst betroffen, dass er nicht besser auf das wertvolle Stück geachtet hatte. Trotzdem beruhigte auch er mich: Der alte Herr würde doch bestimmt nicht durch die Büsche kriechen. Also stand die Kiste sicher noch dort, wo Jo und Hummel sie vergessen hatten …

Leise krabbelten wir vier – Hummel, Sam, Jo und ich – ein paar Minuten später aus dem Giebelfenster. Das war nicht schwer, denn zum Glück lehnte noch eine Leiter an der Hauswand. Sam hatte ganz vergessen, sie wegzustellen, nachdem er eine Wimpelkette angebracht hatte.

Wir hätten es beinahe unbemerkt vom Grundstück geschafft, wenn Bella nicht auf uns aufmerksam geworden wäre. Sie hatte bei Mama und Papa im Hof gelegen. Plötzlich bellte sie kurz auf und kam schwanzwedelnd zu uns gelaufen.

»Schnell, hinter die Stachelbeeren!«, zischte ich und wir drückten uns zu Boden.

Sam ging kurz entschlossen Bella entgegen. Natürlich tauchte gleich darauf Papa an der Hausecke auf. »Was ist denn, Bella?«, fragte er. Dann sah er Sam.

Mein großer Bruder hat zum Glück ein recht gutes Schauspieltalent. Außerdem fällt ihm immer eine Ausrede ein. Sehr nervig, wenn es um Hausarbeiten geht. Aber sehr praktisch in dieser Situation.

»Hi Paps«, sagte er souverän und ohne eine Spur von Verlegenheit in der Stimme. »Ich konnte noch nicht schlafen. Deshalb gehe ich noch eine Runde spazieren. Soll ich Bella mitnehmen? Dann hat sie gleich die Gassirunde erledigt.«

Papa guckte trotzdem ein bisschen misstrauisch. Dann zuckte er mit den Achseln und nickte. »Na gut, dann mach das. Und beim nächsten Ausflug kannst du ruhig die Haupttür benutzen. Du weißt doch, dass die Hintertür erst repariert werden muss.«

Sam machte ein gespielt schuldbewusstes Gesicht. Wenn Papa wüsste, dass er stattdessen aus dem Fenster geklettert war! Aber Papa drehte sich schon um und ging zurück zu Mama und seinem Glas Wein.

»Puh, das war knapp«, stöhnte Hummel.

So leise wie möglich rannten wir durch den Garten nach hinten auf den Feldweg. Erst als wir am Waldrand ankamen, wagten wir es, wieder langsam zu gehen. Unsere Herzen klopften Sturm, aber wir strahlten. Geschafft! Jetzt konnte das Abenteuer beginnen. Wenn wir nur geahnt hätten, was da noch auf uns zukam!

Wir liefen auf dem kürzesten Weg in Richtung Oberwald, bogen aber rechtzeitig vor dem Müllerhaus ab. Es war gar nicht so einfach, sich durch das Gestrüpp bergan zu schlagen. Als wir vor den Felsen standen, wurde es schon dämmrig.

Ich liebe den Wald, aber in der Dämmerung ist er wirklich zum Fürchten. Vor allem, wenn man ein paar Stunden vorher Geschichten von gewalttätigen Menschen gehört hat. Ich zog meine Strickjacke enger um meinen Oberkörper und versuchte, ruhig zu bleiben.

Die Sonne war von hier aus längst nicht mehr zu sehen und die Bäume zeichneten sich schwarz vor dem dunkelblauen Abendhimmel ab. Der Abendstern blinkte, als wollte er mir Mut zuzwinkern.

»Wie geht's jetzt weiter?«, fragte Jo, als wir am Fuße der Wand aus Gneis standen, die ziemlich steil nach oben ragte. Normalerweise ist er der Ängstlichste von uns, wenn es um Dunkelheit geht. Aber an diesem Abend schien die Aufregung ihn abzulenken.

Sam folgte seinem Blick. »Ich klettere hoch und laufe rüber zu dem Gebüsch, wo die Kiste liegt«, schlug er vor. »Ihr bleibt hier unten und verhaltet euch ruhig.«

Das klang vernünftig. Keiner von uns hatte besonders große Lust, näher als unbedingt nötig an das Müller-Territorium heranzugehen. Noch dazu jetzt, wo es von Minute zu Minute dunkler wurde und der Mond dafür sorgte, dass die Bäume lange dunkle Schatten warfen.

»Ich hab Angst, dass ihm was passiert«, flüsterte Hummel, während Sam sich entfernte. Seine Stimme klang wacklig und ich konnte es ihm gut nachfühlen. Auch mir gingen tausend Dinge durch den Kopf, die geschehen konnten.

»Sollten wir mal beten?«, schlug Jo vor.

Du weißt ja, dass wir eine christliche Familie sind. Wir beten nicht nur in der Kirche oder vor dem Essen, sondern auch abends mit Mama oder Papa. Und manchmal eben auch, wenn etwas passiert, was uns Sorgen macht. Wir glauben, dass Gott immer bei uns ist, wie ein guter Freund sozusagen. Und wenn ich bete, dann rede ich eben mit diesem guten Freund. Dass der auch noch allmächtig und all so was ist, das ist das mega Praktische daran. Also, mir hat Beten schon oft geholfen. Gott lässt sich dann ganz oft etwas einfallen, was mir weiterhilft.

Ich ärgerte mich ein bisschen, dass Jo das mit dem Beten einfiel und nicht mir. Eigentlich denke ich nämlich, dass ich diejenige von uns Kindern bin, die sich am meisten mit Gott beschäftigt.

Jedenfalls nickte Hummel ganz inbrünstig und die beiden Jungen schauten mich erwartungsvoll an.

Also betete ich los: »Lieber Gott, bitte mach, dass die Kiste noch da ist. Und bitte mach, dass der Müller nichts merkt und Sam nichts passiert. Amen.«

Wir fühlten uns immer noch nicht so sehr viel besser, aber wir hofften, dass Gott jetzt noch besser auf uns aufpassen würde, als er es sowieso vorgehabt hatte.

Sam kletterte währenddessen geschickt nach oben. Es war für ihn ein Kinderspiel, die paar Meter zu bewältigen. Schließlich üben wir alle, seit wir klein waren, an unseren Kletterfelsen im Wald nahe des Hofes.

Gerade als Sam über der Felskante verschwunden war, begann Bella zu knurren.

»Sch!«, machte Jo erschrocken.

Wir duckten uns gegen den Fels. Wen witterte Bella? Eigentlich war sie allen Menschen gegenüber freundlich gesinnt. Aber in diesem Moment wirkte sie, als sei sie bereit, uns gleich mit Zähnen und Klauen zu verteidigen.

Der Kampf

Mir flatterte wirklich das Herz. Im Wald war es mittlerweile fast dunkel und von Sam nichts mehr zu sehen. Bella knurrte immer stärker und zog stark an der Leine, als wolle sie loslaufen. Hummel drückte sich an mich. Er klapperte mit den Zähnen. Jo versuchte mutig zu sein, aber ich hörte seinen Atem pfeifen. Wenn er aufgeregt ist, dann wird es mit seinem Asthma besonders schlimm.

»Keine Panik«, flüsterte ich meinen Geschwistern zu, obwohl ich selbst kurz davor war, schreiend wegzulaufen. Das wäre echt eine blöde Reaktion gewesen und in Filmen macht das auch keiner. Also blieb ich, wo ich war.

Angespannt versuchten wir, in der Dunkelheit etwas zu erkennen. Und wirklich: Jemand kam den Hang herunter. Wir hörten vorsichtiges Tappen, ein Rutschen und einen lauten Fluch. Es war eine Männerstimme. Neben dem Fels, unter dem wir hockten, bog der Wald sich in einem steilen Hügel herunter, bevor daneben noch ein Fels in die Höhe strebte. Von dieser Wölbung her kamen die Geräusche. Schließlich kam eine gebeugte Gestalt in Sicht.

»Der Müller!«, keuchte Hummel.

Mein Hirn suchte fieberhaft nach einer Lösung für die verzwickte Lage. »Okay, Jungs, passt auf: Das Dümmste, was wir jetzt tun können, ist, hier herumzuhocken.«

»Stimmt, das ist so was von verdächtig!«, pflichtete Jo mir bei.

Ich zog Hummel an der Hand nach oben. »Wir tun jetzt so, als wären wir Spaziergänger, die sich verlaufen haben.«

Jo sah mich misstrauisch an. »Hoffen wir mal, dass der Müller uns nicht kennt«, flüsterte er. Der alte Mann war schon ziemlich nahe herangekommen, hatte uns aber noch nicht entdeckt.

»Jeder im Dorf kennt die Himmelweit-Kinder«, behauptete Hummel.

Nicht sehr hilfreich.

»Wer ist da?«, blaffte der alte Mann uns plötzlich an. Seine dunkle Gestalt stand auf einmal dicht vor uns.

Bella gab einen Warnlaut von sich und ich hatte Mühe, sie zu halten. Wir standen da wie eingefroren. In meinem Hirn gab es genau einen Gedanken: *Hilfe.*

Jo dagegen hatte etwas entdeckt, was mir in diesem Moment noch nicht aufgefallen war. Er stieß mich in die Seite und deutete auf die Armbeuge des gruseligen Alten. »Die Kiste!«, wagte er zu raunen.

Tatsächlich, unsere Kiste klemmte unter dem Arm des Müllers! Jetzt stand mir der kalte Schweiß auf der Stirn.

Zum Glück hielt Hummel sich exakt an das Drehbuch. »Oh, guten Abend!«, flötete er freundlich, als sei nichts geschehen. »Wie gut, dass wir Sie treffen!«

Der grimmige Mann sah den blonden Burschen irritiert an. Ich bekam nicht mit, dass in diesem Moment Sam hinter uns auf dem Felsen auftauchte. Ich bemerkte nur, dass Bella sich ein bisschen beruhigte, den Mann aber trotzdem nicht aus dem Blick ließ.

Hummel plapperte munter weiter: »Kennen Sie sich zufällig hier aus?«

Er spielte seine Rolle wirklich gut, während ich mir vor Angst fast in die Hosen machte. Übrigens, darüber kein Wort zu Luca! Das verrate ich nur dir!

»Was treibt ihr euch hier im Wald herum?«, kläffte der Mann unbeeindruckt. »Das hier ist ein Privatgrundstück!«

Ehrlich gesagt hatte ich daran so meine Zweifel. Wir waren über keinen Zaun geklettert, nicht einmal über einen Kuhdraht. Das hier war doch einfach ein Wald, der keinem im Besonderen gehörte, oder?

»Ja, wir wollten nur mit unserer Hündin Gassi gehen«, behauptete Hummel unschuldig. Dabei beugte er sich zu Bella hinunter und kraulte sie zwischen den Ohren.

Mir fiel plötzlich noch eine geeignete Erklärung ein, für die ich nicht einmal lügen musste: »Ich habe heute Morgen mein Fahrrad hier irgendwo abgestellt und jetzt finden wir es nicht wieder,« fügte ich schnell hinzu. Zugegeben, das klang auch nicht besonders glaubwürdig, aber besser als nichts.

Jetzt hörten wir hinter uns ein Schlittern, ein Knacken und einen Schrei. Sam!

Der alte Mann hob vor Schreck drohend den Stock. Alle Blicke richteten sich nach oben, von wo Sam zu uns herunterfiel. Und noch etwas fiel zu Boden: die Kiste.

In dem allgemeinen Chaos, das jetzt entstand, passierten mehrere Dinge gleichzeitig: Die Kiste polterte auf den Waldboden und sprang auf. Der Inhalt kullerte davon. Sam knallte neben dem Felsen ebenfalls zu Boden und bekam von dem alten Mann eins mit dem Stock übergebraten. Jo schrie laut auf und versuchte, dem Alten den Gehstock zu entreißen. Hummel kroch auf der Erde herum und ich stand einfach nur da und starrte fassungslos auf die Szene.

»Räudige Bälger! Unerzogene Bengel! Schert euch aus meinem Wald!« Wie das Rumpelstilzchen tobte der alte Mann in der Dunkelheit herum und vermöbelte meinen armen Bruder. Der versuchte, mit erhobenen Händen die Schläge abzuwehren und gleichzeitig seine Bereitschaft, sich zu ergeben, zu symbolisieren. Jo zerrte an der Jacke des Müllers. Bella kläffte dazu wie wild. Endlich schaltete sich mein Körper auch wieder in das Geschehen ein.

»Jetzt reicht es aber!«, brüllte ich. »Sam, hast du mein Fahrrad gefunden?« Ich war selbst erstaunt, wie laut und eindringlich meine Stimme klang.

Jo ließ den Mann los, der senkte den Stock und Sam, der sich inzwischen aufgerappelt hatte, blieb mit erhobenen Händen und verzerrtem Gesicht stehen. Alle drei starrten mich irritiert an. Nur Hummel erhob sich seelenruhig aus seiner gebückten Haltung, klappte die Kiste zu, die er aufgehoben hatte, und kam zu uns.

»Sie haben die hier verloren«, erklärte er lächelnd und reichte dem Müller die Kiste.

»Hummel, was ...?«, setzte Jo empört an, aber ich trat ihm vor das Schienbein.

Irgendwie hatte ich das Gefühl, dass Hummel sich etwas dabei gedacht hatte, unserem Gegner die Kiste zu überlassen. Ich weiß, es ist riskant, den Gedanken eines Siebenjährigen zu vertrauen. Aber in diesem Fall kam es mir richtig vor.

»Macht, dass ihr fortkommt!«, herrschte der Alte uns noch einmal an. »Mit oder ohne Rad!«

Er trat mit dem Fuß nach Bella, was Hummel jetzt doch wütend machte. Schnell zog ich ihn am T-Shirt von dem Mann weg.

»Die Straße ist dort drüben! Und lasst euch hier nie wieder blicken!«

Wie von wilden Kühen gehetzt stolperten wir durch den Wald in Richtung Straße. Wilde Kühe sind wirklich gefährlich. Wir mussten einmal über eine Wiese (weil wir keine Lust hatten, den langen Weg zu nehmen). Dort standen ganz friedlich ein paar Kühe. Aber wir hatten nicht bedacht, dass sie Kälber hatten. Die Mutterkühe sind gar nicht freundlich auf uns losgegangen. Sie rannten in straffem Galopp auf uns zu, und wenn wir uns nicht in letzter Sekunde über das Gatter gerettet hätten, dann wären wir Mus gewesen. Keine Ahnung, warum ich das jetzt erzähle. Es fiel mir nur gerade ein.

Jedenfalls rannten wir also panisch auf die Straße. Dort blieben wir nicht etwa stehen, nein. Wir keuchten noch weiter, bis wir endlich um eine Ecke gebogen waren und uns sicherer fühlten.

»Na, das war wohl nichts«, meckerte Jo, als wir, die Hände in die Seiten gestemmt, nach Atem rangen. »Hummel, warum hast du Trottel ihm die Kiste wiedergegeben?!«

Hummel schaute Jo böse an. Sam legte Jo beruhigend eine Hand auf die Schulter, aber der schüttelte sie ab.

»Ist doch wahr! Wenn er es schon geschafft hatte, sie zu kriegen, während du den Alten abgelenkt hast!«

Ich war jetzt auch gespannt auf Hummels Erklärung. Hoffentlich war es wirklich eine gute Idee gewesen, auf ihn zu setzen.

»Ja, ihr glaubt doch nicht etwa, dass der uns die Kiste überlassen hätte!«, schnaufte Hummel. »Ihr habt doch gesehen, wie er Sam verkloppt hat! Ganz bestimmt hatte der noch eine Pistole in der Jackentasche. Wenn ich dem die Kiste nicht gegeben hätte, wären wir jetzt alle tot!«

Jo schnaufte. »Blödsinn«, sagte er, aber es klang ein bisschen unsicher.

Sam schüttelte den Kopf und seufzte. »Na ja, erschossen hätte er uns sicher nicht gleich«, meinte er niedergeschlagen. »Aber du hast recht, der hätte uns nicht mit der Kiste davonkommen lassen. Irgendetwas Geheimnisvolles geht hier vor. Sonst würde der nicht so extrem aggressiv reagieren, sobald jemand in ›seinem‹ Wald ist.« Sam wischte sich vorsichtig mit der Hand über die Stirn. Dort, wo der Stock ihn getroffen hatte, blutete er ein wenig.

»Jedenfalls wissen wir jetzt zwar, dass der Müller verrückt und die Kiste ihm wertvoll ist. Aber wir haben auch jede Chance vertan, sie jemals wieder in die Finger zu bekommen.« Resigniert hob ich die Hände. Dann fiel mir Hummels Grinsen auf.

»Warum lachst du?«, fragte jetzt auch Sam.

Hummel grinste nur noch mehr.

»Lasst uns noch ein Stück weitergehen, dann sag ich es euch«, gab er leichtfertig zurück. Und mir war plötzlich klar, dass es wirklich richtig gewesen war, ihm zu vertrauen.

Auf Verbrecherjagd

Bevor Hummel uns sein Geheimnis offenbaren konnte, passierte schon die zweite spektakuläre Aktion des Abends. Ehrlich, mein Leben ist sonst eher langweilig. Also nicht direkt langweilig, aber doch eher ruhig und normal. Nicht so abenteuerlich wie in diesen paar Tagen im Sommer. Deshalb rechnete ich auch mit nichts Bösem, als wir nach dem aufregenden Kampf im Wald die Straße hinuntertrotteten.

Zunächst war es einfach komisch, durch die stille Nacht zu gehen, während wir eigentlich doch im Bett liegen und schlafen sollten. Dann hörten wir in der Ferne ein Knattern, das immer näher kam. Es klang wie Pauls Motorroller – und der war es auch. Mit quietschenden Reifen hielt er neben uns.

Sofi, die hinter Paul auf dem Roller saß, sprang ab. »Was macht ihr alle hier?«, rief sie mit einer Mischung aus Überraschung und Ärger. »Sam,

Mama und Papa machen sich Megasorgen um dich!« Sie sah ungläubig von einem zum anderen.

»Kann mir mal einer erklären, was hier läuft?« Paul lehnte sich auf den Lenker seines Rollers und grinste genüsslich. Offensichtlich war er glücklich, wieder bei den Himmelweits angekommen zu sein. Bestimmt gab es in ganz Amerika keine Familie wie uns!

»Mann, Sofi, du weißt doch, dass wir mit der Schatzsuche unmöglich bis morgen oder gar übermorgen warten konnten«, erklärte Jo. »Wir wollten das heute Abend klären.« Er rollte mit den Augen und warf Hummel einen bösen Blick zu. »Hat nicht so ganz geklappt«, fügte er dann genervt hinzu.

»Aber ich hab doch …« Hummel setzte zu einer Erklärung an, doch in diesem Moment brauste ein Pick-up die Dorfstraße hinauf. Er hupte laut und fuhr Paul auf seinem Roller beinahe über den Haufen. Auf der Ladefläche des Geländewagens hüpften volle Müllsäcke auf und ab.

»So ein Blödmann!«, rief Paul wütend.

Ich riss Sofi den Helm aus der Hand, sprang auf den Roller und brüllte Paul an: »Hinterher!«

Der überraschte Paul drückte auf die Tube.

Ich klammerte mich an ihm fest, während er versuchte, mit dem Pick-up mitzuhalten. Der bretterte mit deutlich überhöhter Geschwindigkeit die Straße hinauf und verschwand aus unserem Blickfeld.

»Halt an!«, brüllte ich Paul ins Ohr.

Der arme Kerl wusste wahrscheinlich nicht, was er mit mir anfangen sollte. Wie ein braves Hündchen bremste er. Ich zerrte mein Handy aus der Hosentasche, setzte den Helm ab und wählte Lucas Nummer. Es war wie ein Rausch. Ich dachte gar nicht wirklich darüber nach, was ich tat.

»Luca!«, schrie ich in das Telefon, als er sich endlich meldete. »Bist du bei deiner Oma?«

»Äh ... ja«, kam es verwirrt zurück. »Aber wer spricht da?«

Ich hatte keine Zeit für Erklärungen.

»Emmi«, presste ich hervor. »Pass auf. Ich glaube, dass jeden Moment ein silberner Pick-up an eurem Haus vorbeirasen wird. Tu mir den Gefallen und schau, wohin er abbiegt, okay?« Wahrscheinlich hat Luca geglaubt, eine Irre habe mit ihm telefoniert.

Aber weil er einfach ein perfekter Typ ist, erkannte er den Ernst der Lage. Natürlich wusste ich in dem Moment noch nicht, ob und wie er handeln würde, deshalb wies ich Paul an weiterzufahren. Wir knatterten die Dorfstraße hinauf, bis zu dem Haus, in dem Lucas Oma wohnte. Auch hier war es totenstill so wie überall im Dorf, wo nicht gerade ein Geländewagen fuhr oder eine Geschwisterbande auf Schatzsuche durch die Gegend trabte.

Ich wollte Paul gerade bitten, noch einmal anzuhalten, da sah ich Luca. Er stand am Straßenrand und blickte unschlüssig um sich.

»Stopp!«, rief ich Paul ins Ohr und drückte ihn, als sei er ein Pferd, das mit Schenkeldruck zu steuern ist. Kopfschüttelnd brachte Paul den Roller zum Stehen.

Ich sprang ab und lief zu Luca. »Wo ist er hingefahren?«, fragte ich atemlos vor Aufregung. Aber Luca hob nur die Hände. »Hier ist kein Auto vorbeigekommen«, meinte er etwas enttäuscht. Jetzt erst fiel mir auf, dass er barfuß war. Außerdem trug er nur ein T-Shirt und eine Art Boxershorts. Ups, wahrscheinlich hatte ich ihn aus dem Bett geklingelt. Aber darauf konnte ich jetzt keinen Gedanken verschwenden.

»Mist, Mist, Mist!«, fluchte ich. Der Wagen musste vorher in eine Seitenstraße abgebogen sein.

»Was ist eigentlich los?«, wollte mein Hühnerprinz jetzt wissen.

»Erkläre ich dir sofort«, murmelte ich und wählte Sams Nummer.

Luca hörte aufmerksam zu, während ich telefonierte.

»Sam, pass auf. Ich kann jetzt nicht erzählen warum, aber ich bin mir ziemlich sicher, dass der blöde Pick-up-Fahrer der Umweltverschmutzer vom Winterteich ist. Deshalb will ich unbedingt wissen, wohin er jetzt gefahren ist. Ich suche mit Paul weiter, okay? Geht ihr nach Hause und beruhigt Mama.« Ich legte auf, bevor Sam widersprechen konnte.

Luca hatte spätestens jetzt kapiert, dass es mir ernst war, und Paul wartete augenscheinlich auf weitere Befehle.

»Paul, es wäre echt nett, wenn du mit mir die Wege abfahren könntest, die zwischen hier und der Stelle abbiegen, an der ihr uns getroffen habt.«

»Okay«, sagte der tolle Freund meiner Schwester und startete den Motor.

»Ich komme mit«, beschloss Luca. »Wartet ganz kurz.«

Er sauste ins Haus und kam kurz darauf mit einer Hose bekleidet zurück. Rasch nahm er sein Rad, das am Gartenzaun gelehnt hatte, und schwang sich darauf.

Jetzt sausten wir zu dritt die Dorfstraße wieder hinunter. Es gab nur zwei abbiegende Wege, die infrage kamen: Der eine führte in den Oberwald, der andere, etwas weiter unten, auf die Felder im Mitteldorf.

»In den Oberwald bringen mich um diese Uhrzeit keine zehn Pferde«, sagte Luca, als Paul an der entsprechenden Stelle anhielt.

Mir war auch nicht wohl bei diesem Gedanken.

Eine Weile lauschten wir in die Stille, dann trat Luca wieder in die Pedale. »Kommt, versuchen wir es bei dem anderen Weg. Immerhin stehen die Chancen fifty-fifty.«

Ich hatte echt Respekt davor, wie schnell er mit seinem Fahrrad unterwegs war. Eigentlich wäre ich ja lieber auf seinem Gepäckträger mitgefahren und hätte mich an seiner Hüfte festgehalten. Aber dann wären wir viel langsamer vorangekommen, und überhaupt: Jetzt war nicht die richtige Zeit für romantische Gefühle.

Wir arbeiteten uns einen Hügel hinauf. Hier standen keine Straßenlaternen mehr und es war stockdunkel. Gerade wollte ich Paul sagen, dass er umdrehen und wir aufgeben sollten, als wir am Waldrand einen Lichtschein sahen.

»Da ist er!«, rief ich Paul zu. Augenblicklich hielt er an und stellte Scheinwerfer und Motor ab. Luca wäre beinahe auf uns aufgefahren. Er sprang von seinem Rad und blickte in die gleiche Richtung wie wir.

»Denkst du, das ist er?«, fragte er leise. Na ja, so leise man eben reden kann, wenn man schnauft wie eine Dampflok, weil man gerade mit gefühlt siebzig Sachen bergauf Fahrrad gefahren ist.

Ich nickte. »Paul, bleib hier und pass auf, okay? Wir schleichen uns etwas näher ran.«

Ich ging einfach davon aus, dass Luca mich nicht allein lassen würde. Der grinste fröhlich und wir rannten geduckt auf den Acker zu. Es war so ähnlich wie oben am Winterteich: Fahrrillen eines Traktors führten über das Feld zu einem kleinen Wäldchen. Weil wir Angst hatten, dass der Pick-up jederzeit wenden und zurückkommen könnte, liefen Luca und ich auf dem Acker. Das war mega anstrengend, obwohl der Boden wenigstens trocken war.

Endlich waren wir nah genug dran, um das Auto zu sehen. Und wirklich: Zwei Männer waren gerade dabei, Müllsäcke von der Ladefläche in den Wald zu werfen. Luca zog mich an der Hand neben sich zu Boden. Mit wild klopfendem Herzen lagen wir auf dem Acker. Irgendwie schien das so eine Masche zu werden, dass ich immer dreckig wurde, wenn Luca in der Nähe war.

»Sind die denn blöd?«, wisperte Luca mir zu. »Die wissen doch wohl, dass das Gemeindeamt schon informiert ist ... Haben die keine Angst, erwischt zu werden?«

Ich zuckte mit den Schultern. Was bewirkte, dass mein Shirt noch staubiger wurde. »Bisher weiß ja keiner, wer den Müll am Winterteich abgeladen hat«, wisperte ich zurück. »Und die Polizei schien ja nicht sonderlich interessiert zu sein an dem Fall.«

»Das stimmt«, gab Luca zurück. »Aber das wird sich jetzt ändern! Du bleibst hier, okay?« Bevor ich etwas erwidern konnte, schlich mein Held sich davon und huschte hinter den Pick-up. Ich hatte wahnsinnige Angst, war aber auch völlig verknallt in diesen mutigen Kerl. Vor lauter Aufregung biss ich mir beinahe die Lippe ab. Luca holte sein Handy aus der Tasche und machte ein paar Fotos: vom Nummernschild und von den Müllsäcken. Gerade wollte er die Männer fotografieren – da drehte einer sich alarmiert um.

»Ist da wer?«, rief er drohend in die Stille.

Mir gefror das Blut in den Adern. Luca drückte sich hinter einen Baum und wurde unsichtbar.

»War sicher nur ein Reh oder so was«, brummte der andere Mann dann.

Rasch warfen sie noch zwei Säcke weg, dann sprangen sie wieder ins Auto. Der Geländewagen setzte schwungvoll zurück und raste davon.

Hoffentlich hat Paul sich auch versteckt!, fiel es mir plötzlich siedend heiß ein. Nicht dass er wie ein Schäfchen in die Scheinwerfer guckte und uns alle verriet!

Im Nachhinein weiß ich, dass der amerikanische Spion klüger war als befürchtet. Er hatte seinen Roller und sich außer Sicht gebracht. Nur Lucas Fahrrad lag noch am Wegrand, aber das hatten die Männer zum Glück übersehen. Doch in dem Moment, als ich bibbernd vor Kälte (na ja, und Angst, um ehrlich zu sein) auf dem Acker lag, gingen mir alle diese Sachen durch den Kopf, die dazu geeignet gewesen wären, uns auffliegen zu lassen.

Luca erschreckte mich beinahe zu Tode, als er in der Finsternis wieder an meiner Seite auftauchte. »So, ich hab die Beweise im Kasten!« Er grinste zufrieden und hielt mir das Handydisplay unter die Nase. Das Autokennzeichen und die Müllsäcke waren deutlich zu erkennen. Als ich die Bilder sah, machte es in meinem Hirn klick und verschiedene Informationen fügten sich wie Puzzleteile zusammen. Die Müllsäcke: Ich wusste auf einmal, woher ich sie kannte. Und das Gesicht des Mannes, der sich zu Luca umgedreht hatte: Ich kannte es. Es war der Leiter des Supermarktes im Dorf. Die Säcke waren die gleichen wie die, die da unten immer am Hinterausgang lagen. Und auch Bellas Unfall ergab dadurch Sinn: Der Pickup mit den Abfalltüten musste ihr damals auf dem Waldweg begegnet sein und sie in Panik versetzt haben. Wahrscheinlich war sie ihm vor Schreck vor die Motorhaube gelaufen, sodass sie angefahren wurde.

»Luca«, keuchte ich aufgeregt. »Ich weiß, wer diese Typen sind! Der Chef vom Supermarkt steckt dahinter. Ich wette, dem sind die Gebühren für die Abfallentsorgung zu hoch. Deshalb wirft er das Zeug einfach in die Natur! Lass uns gleich die Polizei anrufen!«

Ich weiß auch nicht, warum ich das vorschlug nach all den unschönen Vorerfahrungen mit unseren Dorfpolizisten. Ich war einfach so überdreht, dass wir den Fall gelöst hatten. Aber Luca brachte mich wieder runter. Er schob mich sanft vorwärts, um zu Paul zurückzukehren.

»Die Polizei anzurufen, wäre jetzt verschwendete Zeit«, erklärte er ruhig. »Die kommen ganz bestimmt nicht, um nachts nach irgendwelchen Müllstraftätern zu fahnden. Aber wir haben ja unsere Beweisfotos. Ich mache gleich morgen früh eine Mail ans Gemeindeamt fertig. Dann kümmern die sich ganz bestimmt darum. Was denkst du?«

Ich war echt super stark beeindruckt davon, wie klug und besonnen er war. Ich hatte all mein Wissen über Kriminalfälle nur aus *Donald-Duck*-Comics und *Fünf-Freunde*-Romanen. Aber er kannte sich irgendwie schon ziemlich gut mit dem wahren Leben aus.

Wir tappten gemeinsam durch die Dunkelheit. Das war schön und aufregend und einfach wunderbar. Und dann legte Luca auch noch seinen Arm um mich, als ich in der Fahrrille beinahe gestolpert wäre. Er nahm seinen Arm erst weg, als wir wieder sicher bei Paul angekommen waren. Der war sichtlich erleichtert, uns unversehrt wiederzusehen.

»So, das wäre erledigt«, erklärte Luca stolz und zeigte auch Paul seine Fotos. »Ich fahre jetzt wieder zurück, bevor Oma mich noch vermisst.«

»Sollen wir dich nicht besser begleiten?«, fragte ich besorgt.

Aber Luca schüttelte nur den Kopf. »Keine Sorge, es ist ja nicht weit. Ich rufe dich an, wenn ich zu Hause bin.« Er schwang sich auf sein Rad und winkte uns noch kurz zu, bevor die Nacht ihn verschluckte.

Es war ein unglaublich schönes, warmes Gefühl, das in diesem Moment durch meinen Bauch flutete. Ich schätze, so fühlt sich Liebe an.

Das Geheimnis kann nicht warten

Paul ließ mich ein paar Meter vor dem Himmelhof absteigen, damit ich durch den Garten laufen und wieder durchs Giebelfenster einsteigen konnte. Er selbst fuhr mit dem Roller in den Hof. Sam hatte mir eine Nachricht aufs Handy geschickt, dass die anderen es unbemerkt in ihre Betten geschafft hatten. Nach der ganzen Aufregung mit den Müllverbrechern fühlte es sich gar nicht mehr so besonders an, die Leiter im Dunkeln hinaufzuklettern. Blöd nur, dass Luca genau in dem Moment anrief, in dem ich auf Höhe des Wohnzimmerfensters war. Vor Schreck wäre ich beinahe von den Sprossen gepurzelt. Weil ich Angst hatte, dass Mama oder Papa etwas gehört haben könnten, beeilte ich mich ganz besonders. Ich schlüpfte durch das angelehnte Fenster und tappte auf Zehenspitzen über den Flur.

Unten hörte ich Pauls Stimme. »Ich musste noch schnell etwas erledigen«, versuchte er gerade zu erklären, warum er Sam und Sofi allein nach Hause geschickt hatte.

Ich glaube, Mama war einfach zu müde, um weitere Fragen zu stellen. Sie ist immer ziemlich schlafbedürftig, vor allem, wenn am nächsten Tag eine Party ansteht.

Als ich endlich die Zimmertür hinter mir zuzog, war ich ziemlich erleichtert. Rasch kleidete ich mich um und stopfte die schmutzigen Klamotten in meinen Wäschesack. Ein paar Minuten später lag ich im Bett – nicht geduscht und mit verfilzten Haaren, aber das war mir in dem Moment egal. Schönmachen konnte ich mich auch morgen noch.

Weil ich ja gerade auf der Leiter gestanden hatte, hatte ich Lucas Anruf nicht entgegennehmen können. Ich habe auch nur ein uraltes Handy mit fast gar keinen sinnvollen Apps. Deshalb hatte ich nur zwei Möglichkeiten: Luca zurückrufen oder eine kurze Nachricht schreiben. Ich entschied mich für Letzteres.

Danke! Das war echt krass von dir. Emmi

Obwohl ich warten wollte, bis er antwortete, schlief ich mit dem Handy in der Hand ein, noch während ich versuchte, ein halbwegs zusammenhängendes Abendgebet zu beten.

Es war noch dunkel, als Sam mich aus dem Schlaf riss.

Zuerst wusste ich nicht, was los war. Er rüttelte an meiner Schulter. Weil ich gerade geträumt hatte, mit Luca auf der Spitze des Eiffelturmes zu stehen und in den Sonnenaufgang zu blicken, hätte ich Sam beinahe geküsst. Im letzten Moment riss ich aber die Augen auf und sah in sein Gesicht. Er hatte Mundgeruch.

»Was ist los?«, fragte ich entgeistert. Dann fiel mir auf, dass Hummel und Jo hinter Sam standen: beide fertig angezogen und mit Schuhen.

»Wir waren für vier Uhr verabredet«, behauptete mein großer Bruder.

Ich wusste von nichts. »Hä?«, machte ich verschlafen und schielte auf die Digitalanzeige meines Weckers: vier Uhr dreiundzwanzig. Ohne auf meine Verwirrung einzugehen, zog Sam mich am Arm aus dem Bett.

»Los, los, wir müssen in den Wald, bevor die Eltern aufwachen. Sonst schaffen wir es erst übermorgen, weiter nach dem Schatz zu suchen. Bis dahin hat der Müller ihn vielleicht schon woanders versteckt.«

Ich war mit einem Mal hellwach. So schnell ich konnte, schlüpfte ich in frische Sachen, fummelte ein Zopfgummi in meine Haare und folgte meinen Geschwistern nach draußen. Sogar Sofi und Paul standen bereits am Gartentor.

Einträchtig liefen wir den Weg ins Oberdorf hinauf. Es war wunderschön: Ein leichter Morgennebel lag über den Wiesen und hinter den Hügeln zeigte sich schon ein orangeroter Schimmer. Als wir am Oberwald ankamen, ging gerade die Sonne auf. Die Aufregung der letzten Nacht erschien mir plötzlich wie etwas aus einem Film, der mit meinem wahren Leben gar nichts zu tun hatte.

Leise tauchten wir in den Wald ein und gingen zu den Felsen. Vom alten Müller war zum Glück nirgends etwas zu sehen. Zur Sicherheit postierten sich Paul und Bella aber unten am Hügel, während Sam und Sofi am Felsen hinaufkletterten.

Auf dem Weg zum Oberwald hatten meine Geschwister mir erzählt, wie Hummel gestern Abend das Problem mit der Kiste gelöst hatte: Er hatte die Gegenstände, die herausgefallen waren, einfach in seine Hosentasche gesteckt. In die Kiste hatte er stattdessen einen Stein und einen Tannenzapfen gelegt. »Die Kiste an sich brauchen wir schließlich nicht«, hatte er gemeint. »Sam hat sie ja fotografiert!«

Ich war stolz auf meinen kleinen Bruder. Den Schlüssel und den Zylinder durfte er auch an diesem Morgen noch tragen. Wir hatten zwar keine Ahnung, wofür wir die Dinge brauchen würden, aber das wollten wir ja gerade herausfinden.

Sam und Sofi folgten der Anweisung der Symbole: Sie gingen zu dem verwobenen Baum und schauten hinüber zum Felsen. Sie starrten ein paar Minuten darauf, ohne etwas Besonderes zu entdecken. Hummel, Jo und ich warteten derweil unten am Felsen. Wir wussten auch nicht, wonach wir suchen sollten. Auf der Kiste waren schließlich nur noch zwei Symbole gewesen: das Hakenkreuz und ein Edelstein. War etwas zwischen den Bäumen vergraben? Befand sich der Schatz unter den Felsen? Oder waren wir auf einer komplett falschen Spur? Hummel langweilte sich schon ein wenig. Deshalb holte er den Schlüssel aus seiner Hosentasche und spielte damit herum. Gerade wollte ich ihn anmeckern, dass er gefälligst vorsichtig damit sein sollte, da passierte es auch schon: Der Schlüssel fiel ihm aus der Hand, sprang gegen einen großen Stein und verschwand im Laub am Fuße des Felsens.

»Mensch, Hummel!«, schimpfte ich.

Mit bloßen Händen begannen wir, im Laub zu wühlen. Wie ich so was hasse! Überall krabbelten kleine Tierchen herum.

Es ist echt unglaublich, wie viel Schmodder, Blätter und Zeugs in so einem Wald liegen. Der Schlüssel war eigentlich relativ groß, aber wir konnten ihn nicht wiederfinden.

Jetzt grub auch Jo mit den Händen im Laub. »Das kann doch nicht wahr sein! Wo steckt das blöde Ding nur?«

»Guckt mal!«, rief Hummel in diesem Moment.

Wir dachten, er hätte endlich den Schlüssel gefunden. Aber er kniete gar nicht am Boden, sondern stand neben dem Felsen. Mit der Hand hielt er einen Busch beiseite.

»Wir haben jetzt keine Zeit, Tiere oder Blümchen zu bewundern!«, schnaubte ich. »Der Schlüssel ist immer noch weg.«

»Hab ihn«, seufzte Jo und zog den glänzenden Metallschlüssel unter einer Wurzel hervor. »Ihr müsst wirklich mal gucken!«, beharrte Hummel.

Ich stand auf und klopfte mir Laub und Dreck von den Knien. Die Sonne war mittlerweile schon so weit aufgegangen, dass der obere Teil des Felsens golden leuchtete. Hier unten bei uns war es dämmrig, aber hell genug, um zu erkennen, was mein kleinster Bruder entdeckt hatte. Es war das Zeichen von der Kiste, das Hakenkreuz.

Mir lief ein kalter Schauer über den Rücken. Obwohl wir im Unterricht den Zweiten Weltkrieg noch nicht behandelt hatten, wusste ich, dass damals schlimme Sachen passiert waren. Mama hatte einmal davon erzählt, dass in Deutschland zu dieser Zeit Juden verfolgt wurden. Und auch andere Menschen, die angeblich weniger wert waren als andere. Ich finde so was grauenvoll. Als ob es »bessere« und »schlechtere« Menschen gäbe. Ich persönlich finde ja, es kommt nur auf das Herz des Menschen an. Ist doch egal, aus welchem Land einer kommt und ob er schlau ist oder eher nicht so. Hauptsache, man geht friedlich miteinander um, dann ist alles gut.

Jedenfalls wusste ich, dass das Hakenkreuz für böse Zeiten stand. Und ich hatte ein bisschen Angst vor dem, was wir vielleicht finden würden.

Woher wussten wir denn, dass hier ein Schatz versteckt war? Plötzlich kriegte ich richtige Angst. Vielleicht bewachte der alte Müller ja keine Reichtümer, sondern ein Grab?

Hummel und Jo hatten offensichtlich nicht so finstere Gedanken wie ich. Sie beugten sich über das Zeichen und fingerten daran herum.

»Warum ist da ein Schlitz mittendrin?«, hörte ich Jo sagen.

Das Zeichen war in den Felsen eingekerbt. Seltsam war, dass in der Mitte des Zeichens ein ziemlich tiefer Riss verlief. Ob das im Laufe der Jahre herausgebrochen war? Aber eigentlich wirkte der

Riss, als sei er absichtlich in den Stein gemacht worden.

Hummel pustete in die Vertiefung. Ein paar Sandkörnchen stoben davon, ansonsten wirkte der Schlitz erstaunlich sauber. Plötzlich hatte Hummel eine Idee. Ohne uns zu sagen, was er vorhatte, zog er auf einmal den dicken Metallstab mit den Rillen aus der Hosentasche. Ich versuchte noch, ihn davon abzuhalten, aber da hatte er ihn auch schon tief in den Riss hineingesteckt. Jo und ich schrien entsetzt auf.

»Hummel!«

»Spinnst du?«

Der Zylinder passte perfekt. Allerdings wussten wir nicht, ob das gut oder schlecht war.

»Boah, Hummel!«, jammerte ich voller Sorge, was jetzt wohl als Nächstes passieren würde. Konnte mein kleiner Bruder denn nicht einmal in Ruhe nachdenken, bevor er irgendwas machte?

Wir starrten alle drei erschrocken auf das Zeichen. Es hatte jetzt kein Loch mehr, sondern lag glatt und glänzend vor uns in der Felswand. Aber war der Zylinder nicht eigentlich für etwas anderes da, als in einen Felsen gesteckt zu werden? Er bestand schließlich aus Metall, nicht aus Stein. Ich versuchte, ihn wieder herauszuziehen. Aber alles, was passierte, war, dass ich ein leichtes Kribbeln in den Fingern verspürte. »Was ist das?«, fragte ich überrascht und zog meine Hand zurück.

In diesem Moment erschien Sofis Kopf am oberen Rand des Felsens. »Habt ihr irgendwas gemacht?«, fragte sie atemlos. Es klang, als wäre sie erschrocken.

Hummel verzog wie ertappt das Gesicht. »Äh … ja … warum?«

Sofi winkte uns auffordernd zu. »Kommt schnell nach oben, aber leise!«

Neugierig kraxelten wir an der Felswand hinauf. Hatte der Zylinder wirklich irgendeine Auswirkung gehabt, die Sam und Sofi von oben sehen konnten? Auf halber Höhe des Felsens warf ich einen Blick zu Paul hinunter. Er stand ganz ruhig da wie ein Wachsoldat. Bella saß entspannt neben ihm in der Morgensonne. Alles schien, in Ordnung zu sein.

Noch.

Das Dorf erwachte langsam zum Leben. Wir Kinder kümmerten uns nicht darum, weil wir vollkommen auf unser Abenteuer konzentriert waren. Als die Kirchturmuhr sechs schlug, standen wir gerade mit großen Augen vor einem Felsblock, der etwas abseits der anderen aus dem Hügel ragte. Von dem verschlungenen Baum aus konnte man ihn gut sehen. Wir hatten bei unserem vorherigen Besuch jedoch nicht auf ihn geachtet und ihn übersehen, weil wir nur nach einem möglichen Fluchtweg Ausschau gehalten hatten.

Auch diesmal hatten Sam und Sofi sich eher auf den Felsen konzentriert, an dem wir geklettert waren.

»Baum – Berg – Hakenkreuz – Edelstein …« hatte Sam gemurmelt.

Dann war auf einmal ein Blinken von dem unscheinbaren Felsen gekommen.

Erst hatte Sofi gedacht, die Sonne wäre einfach auf etwas Reflektierendes gefallen. Aber das Blinken blieb. Wie ein Lämpchen, das immer wieder an und aus ging. Schnell waren die beiden großen Himmelweit-Geschwister hinübergelaufen. Dann holte Sofi uns dazu. Und nun standen wir alle vor dem Lämpchen, das einfach so an der Seite des Felsblocks war und blinkte. Fassungslos starrten wir auf dieses ungewöhnliche Phänomen.

Was wir nicht wussten, war, dass anderswo ebenfalls eine Warnleuchte aufgeflammt war. Die brachte jemanden auf unsere Spur, den wir ganz und gar nicht gebrauchen konnten. Aber davon ahnten wir nichts und deshalb staunte ich mit offenem Mund über unsere Entdeckung, anstatt die Beine in die Hand zu nehmen und wegzulaufen. Was vielleicht die bessere Idee gewesen wäre.

»Okay, Leute, das hier ist unglaublich.« Sam fuhr mit dem Finger über die winzige Glühlampe aus Glas. Wenn sie nicht leuchtete, fiel sie überhaupt nicht auf. Sie steckte in einer Steinvertiefung und nichts anderes an diesem Felsen sah in irgendeiner Form verdächtig aus. Bis Jo das nächste Hakenkreuz entdeckte. Es war etwa einen Meter unter dem Lämpchen an dem Felsen angebracht. Dort, wo der Stein in den Waldboden überging. Jo hatte mit seinen Füßen das Laub zur Seite geschoben, und da war es. Sam kniete nieder und legte die Hand auf das Symbol. Es war aus Metall gefertigt und ließ sich mühelos drehen, als habe jemand es über all die Jahre geölt und gepflegt.

»Der Müller muss Bescheid wissen, dass diese Dinge hier sind!«, keuchte Sam erschrocken. Plötzlich wurde uns allen klar, dass inzwischen heller Tag war. Keine schützende Dunkelheit mehr. Kein Vertrauen darauf, dass außer uns alle schliefen. Wir fühlten uns mit einem Mal, als stünden wir nackt im Wald. Aber da passierte schon die nächste Sache und wir waren wieder abgelenkt. Wir hatten eben nicht so viel Erfahrung mit Schätzen und Leuten, die Schätze bewachen. Hinterher ist man immer schlauer.

Es passierte Folgendes: Die Steinwand vor uns bekam einen Sprung. Es wirkte zumindest im ersten Moment so, bis uns auffiel, dass sie nur, wie eine Tür, ein Stückchen aufgesprungen war. Vorsichtig drückte Sam nach und der vermeintliche Fels öffnete sich weiter. Wir sahen jetzt, dass es in Wirklichkeit eine schwere Metalltür war, die man von außen mit einer dünnen Schicht Stein verkleidet hatte. Die Tür war ungefähr zwei Meter hoch und doppelt so breit. Staunend gingen wir nacheinander in den dunklen Raum hinein. Er war überraschend groß. Vier elektrische Lampen brannten. Wie war das möglich? Hatte der Zylinder etwas damit zu tun, den Hummel so leichtfertig in das Symbol geschoben hatte? Oder wachte der alte Müller über diesen Raum und hatte vergessen, das Licht zu löschen? Der Gedanke an den Müller fuhr wie ein Eisschauer durch meinen Körper.

»Leute, einer von uns sollte draußen …« Bevor ich zu Ende sprechen konnte, hörten wir, wie Bella im Tal anschlug. Dann quietschte das Tor und ein Schatten fiel in den Raum. Vor uns stand der Müller und diesmal hing tatsächlich eine Schrotflinte über seinen Rücken.

Der Wächter

»Habe ich es mir doch gedacht, dass ihr nicht zufällig in meinem Wald herumschnüffelt«, knurrte der alte Mann böse.

Noch nie hatte ich so hasserfüllte Augen gesehen und noch nie waren meine Knie so weich gewesen wie in diesem Moment. Hummel versteckte sich hinter meinem Rücken und klammerte sich an mir fest.

Sam war einen Schritt vorgetreten und stellte sich schützend zwischen uns vier Geschwister und den Alten. »Dieser Wald ist öffentliches Gelände!«, behauptete er mit fester Stimme.

Ich weiß nicht, wie er es fertigbrachte, so ruhig zu bleiben.

»Ich habe mich gestern Abend noch kundig gemacht. Er gehört der Gemeinde und ist jedem frei zugänglich.«

»Was weißt du schon, Bürschchen«, lachte der Müller hämisch. »Egal, was die verbrecherische

Regierung dieses Landes sagt: Dieses Grundstück gehört seit Generationen meiner Familie und ich werde es bis aufs Blut verteidigen.«

Bei dem Wort »Blut« blieb mir fast das Herz stehen. Ich hörte, wie Jo hinter mir keuchte. Die Situation war mehr als ernst.

»So«, fuhr der Mann fort und ein böses Lächeln stand auf seinem Gesicht. »Ihr habt also die Kiste gefunden, die meinen Freunden vor fünfundsiebzig Jahren gestohlen wurde. Einer der Verräter hat sie versteckt, bevor sein Schicksal ihn ereilte.«

Er lachte wieder und es klang so gruselig, dass mir Tränen in die Augen stiegen. Von welchem »Schicksal« sprach er? Etwa von der Sache mit den Lastwagenfahrern?

»Ich wusste, dass der Tag kommen würde, an dem ich die Kiste wiederfinde! Ha, und da habt ihr sie gestern doch tatsächlich in meinem Wald stehen lassen. Wie dumm von euch.«

Er steckte Jo sein faltiges Gesicht mit den faulig aussehenden Zähnen entgegen, als wolle er ihm die Nase abbeißen.

Jo drückte sich näher an mich heran. Wir alle

standen wie gelähmt da und wagten kaum zu atmen.

»Ich habe sie gefunden!«, brüllte der Alte jetzt. »Und dann kommt ihr gestern Nacht wieder vorbei und betrügt mich! Zapfen und Steine! Ihr denkt wohl, ich wäre so leicht zu täuschen?«

Über Hummels Gesicht rannen Tränen. Ich fasste seine Hand und drückte sie. Die ganze Sache lief wirklich ziemlich aus dem Ruder, aber ich war mir ganz sicher, dass irgendwie alles gut werden würde. Es wird immer irgendwie alles gut. Dachte ich jedenfalls damals.

Der alte Müller senkte seine Stimme wieder, was sie nicht weniger bedrohlich machte. »Ich wusste, dass ihr wiederkommt. Ja, ja, ihr habt meine Kiste gefunden. Ich kann mir zwar nicht erklären, wie ihr das geschafft habt; schließlich habe ich all die Jahre danach gesucht! Die ganze Gegend habe ich durchkämmt.« Er machte eine kleine Pause und funkelte uns alle nacheinander mit seinen wässrig-blauen Augen an. »Aber damit nicht genug. Ihr habt auch noch meinen Zylinder gestohlen und meinen Schlüssel an euch genommen.«

Der Blick in seinen Augen war so irre, dass ich am ganzen Körper Gänsehaut bekam. Der alte Mann redete immer weiter, während wir ihn anstarrten wie das Kaninchen die Schlange.

»Ihr wollt an den Schatz, aber das wird euch nicht gelingen! Niemand wird den Schatz je bekommen! Selbst ich konnte nicht an ihn heran, weil die Kiste verschwunden war. Die Kiste mit dem einzigen Werkzeug, um die Schatzkammer zu öffnen.«

Ein grauenvolles Lachen kam aus seinem Mund. Hummel krallte seine Finger in meinen Oberarm.

»Gut, gut. Ihr habt herausgefunden, was ihr mit dem Zylinder anfangen müsst. Schlau seid ihr, das muss ich euch lassen. Aber das wird euch letztendlich nichts nützen. Denn ihr habt nicht mit dem Warnsystem gerechnet.« Mit einem hämischen Lächeln richtete er seinen Krückstock auf die Glühbirne, die von der Felsendecke baumelte. »Die Lämpchen im Fels sind nicht die einzigen, die wir damals installiert haben. Die eine außen diente uns zur Orientierung. Wir haben die Höhle schon während des Krieges genutzt und mussten oft im Dunklen den Eingang finden. Aber da gibt es noch eine weitere Leuchte. In meinem Haus.« Er zog seine Augen zu schmalen Schlitzen zusammen. »Jahrelang habe ich sie bewacht. Jahrelang hat sie nicht ein einziges Mal geleuchtet, denn der Zylinder, der das Schließsystem aktiviert, war ja mit der Kiste verschollen. Und nun kommt ihr und steckt ihn ins Schloss. Aber nicht ohne dass der Müller es merkt!« Wieder lachte er hämisch. Er stieß den Stock auf den Boden und machte noch einen weiteren Schritt auf uns zu. Automatisch wichen wir alle ein Stück zurück.

»Heute Morgen blinkt auf einmal meine Lampe! Ich eile hierher, so schnell ich kann. Und sehe euch. Ha. Genau, wie ich es erwartet hatte.«

Zu diesem Zeitpunkt war ich nur noch ein schlotterndes Wesen voller Angst.

»Gott, bitte, bitte hilf uns!«, ging es mir die ganze Zeit durch den Kopf.

Übrigens, das kannst du allen erzählen. Dass ich Angst hatte und dass ich gebetet habe. Dafür schäme ich mich nämlich nicht, denn das war das Einzige, was in dieser Situation sinnvoll war.

Der Müller setzte zum Ende seines gruseligen Monologs an: »Übrigens, die Männer, die den Schatz hierhin brachten, waren Gefangene. Männer, die im Krieg auf der falschen Seite gestanden haben. Ha, diese Kreaturen hatten den Tod sowieso verdient. Und ihr? Tja, ich schätze, ihr werdet keine Gelegenheit haben, jemandem von eurer kleinen Entdeckung zu berichten.«

Keiner von uns brachte ein Wort heraus. Wir hatten Todesangst. Zu Recht, wie sich herausstellen sollte.

»Keiner wird euch hier finden«, brummte der Müller und ging rückwärts auf die Tür zu. Dabei richtete er den Lauf seiner Schrotflinte auf Sam. Bevor wir reagieren konnten, war er rückwärts aus der Tür geschlüpft und hatte diese fest zugezogen.

Hummel und Jo brachen in Tränen aus. Ich nahm meinen kleinsten Bruder in den Arm und versuchte, ihn zu beruhigen. Sam und Jo rüttelten an der Tür, aber sie bewegte sich nicht.

Draußen verklangen die Schritte des Alten und eine tiefe Stille legte sich über den Raum.

Zum Glück brannte das Licht noch immer: Offensichtlich wusste der Müller nicht wirklich, wie der Mechanismus funktionierte. Oder würde er wiederkommen und sein Werk zu Ende führen? Etwa so, wie es mit den Lastwagenfahrern an der Mühle geschehen war?

Ich schlotterte noch immer am ganzen Körper und mein Atem ging ganz schnell. In meinem Kopf war das Panikkarussell losgefahren und ich konnte es nicht stoppen. Sollte das hier wirklich mein letzter Tag auf Erden sein? Würde der Müller den Zylinder jetzt wieder verstecken? Wir wären verloren. Wie lange brauchte ein Mensch, um zu verhungern? Moment mal, erst verdurstet man, oder? Ich wollte doch nicht sterben, schon gar nicht in so einer blöden Felshöhle! Außerdem wollte ich erst noch Luca küssen. Und überhaupt, Mama und Papa würden durchdrehen vor Angst und Traurigkeit!

Ich rannte zur Tür und wummerte wie von Sinnen mit den Fäusten dagegen.

Mir fiel plötzlich ein, dass Paul ja noch irgendwo da draußen war. Bestimmt suchte er uns. Da musste er uns doch hören, wenn wir hier drin genug Lärm machten.

Dann kam Sam und legte mir die Hände auf die Schultern. »Alles wird gut, Emmi«, behauptete er. »Aber wenn du jetzt so klopfst, dann bringt uns das nicht weiter. Der Müller steht doch bestimmt irgendwo in der Nähe und passt auf, dass niemand zu nahe hier herankommt. Lass uns etwas anderes versuchen.«

Ich stieß ihn weg und hämmerte weiter gegen die Tür, bis mir die Fäuste wehtaten.

Im Nachhinein ist mir diese Reaktion peinlich. Ich dachte immer, ich wäre viel mutiger. Aber ich bin ja auch erst zwölf und ich kann noch an meinem Mut arbeiten, oder?

Sam ließ mich einfach gewähren und wartete ab.

Nachdem ich mich etwas beruhigt hatte, brachte Sofi uns dazu, dass wir uns im Kreis auf den Boden setzten.

»Wir müssen jetzt erst mal ganz ruhig bleiben«, versuchte Sam, die Sache in den Griff zu bekommen.

Sofi tippte bereits auf ihrem Handy herum.

»Hier drin habe ich keinen Empfang«, murmelte sie enttäuscht.

»Aber Paul und Bella sind da draußen«, versuchte Sam uns aufzumuntern. »Sie haben vielleicht nicht direkt gesehen, dass der Müller uns hier eingesperrt hat, aber Paul ist klug. Er wird sich denken können, dass etwas passiert sein muss. Wenn wir Glück haben, dann hat er doch alles heimlich beobachtet und befreit uns im Nullkommanichts.«

»Du hast aber gesagt, dass der Müller Wache halten wird«, piepste ich mit meiner Panikstimme. Falls das hier wirklich eine Schatzkammer war, dann würde der Müller sie jetzt nicht aus den Augen lassen. Zumindest nicht, solange er befürchten musste, dass wir schreien und klopfen würden.

Was genau er vorhatte, war mir allerdings

nicht klar. Schließlich konnte es doch nicht sein Wunsch sein, fünf verhungerte Kinder in seiner Räuberhöhle aufzubewahren. Oder verdurstete Kinder. Aber genau danach sah es in diesem Moment aus. Es verging eine lange Zeit, in der einfach gar nichts passierte. Wir hockten planlos auf dem Boden, hielten einander fest und hofften, dass Paul etwas unternehmen würde.

Das Zimmer im Berg

Zum Glück ist Paul ein kluger Kerl.

Als Bella den Müller bemerkt hatte, war Paul ins Gebüsch getaucht. Er hatte beobachtet, wie wir im Berg verschwanden. Als der Alte schließlich allein wieder herauskam, war Paul natürlich alarmiert.

Dummerweise hatte Sam, wie ich jetzt weiß, natürlich recht mit seiner Vermutung. Der Müller hielt Wache vor dem versteckten Eingang. Paul hat uns später erzählt, dass er es zuerst mit Anschleichen versuchte. Sein Plan war es, irgendwie hinter dem Müller vorbeizukommen und die Tür zu öffnen. Blöd nur, dass er doch kein richtiger amerikanischer Spion war. Ansonsten hätte er nämlich ganz genau mitbekommen, wie der Mechanismus funktionierte. Der Zylinder steckte schließlich die ganze Zeit dort, wo wir ihn platziert hatten. Aber Paul wusste nichts von dem Drehding unter dem Lämpchen. Ehrlich, ich frage mich, wieso man ein Jahr in Amerika verbringt und nicht wenigstens mit einer gewissen Spionage-Grundausbildung zurückkommt. Aber lassen wir das. Letztendlich hat Paul das Problem auf seine Weise ja doch gelöst. Sonst könnte ich dir die Geschichte nicht erzählen. Wir befanden uns, denke ich, zu diesem Zeitpunkt tatsächlich in Lebensgefahr (Tod durch Verhungern – oder Verdursten – du erinnerst dich).

Natürlich ist es möglich, dass der Müller uns in Wirklichkeit mästen wollte, so wie die Hexe im Märchen »Hänsel und Gretel«. Aber das halte ich für eher unwahrscheinlich.

Jedenfalls scheiterte Pauls Anschleichen-und-Tür-öffnen-Plan daran, dass er keine Türklinke fand. Überraschung.

Wobei ich schon ein bisschen beeindruckt davon bin, dass Paul es wirklich schaffte, unbemerkt an dem senilen Wächter vorbeizukommen. Zwei Mal sogar. Als er nämlich merkte, dass der Eingang getarnt war, zog Paul sich fürs Erste wieder zurück.

Bella, der beste Hund der Welt, war inzwischen zum Himmelhof gelaufen. Paul hatte sie weggeschickt, damit sie ihn nicht verriet. Golden Retriever sind einfach nicht die besten Spürhunde und Bella kann ziemlich tollpatschig sein.

Als Nächstes versuchte Paul die Sache mit dem Handy. Er schickte sowohl an Sofi als auch an Sam mehrere Nachrichten – aber wir hatten ja kein Netz in unserem Gefängnis.

Als er eingesehen hatte, dass das auch nichts brachte, wählte Paul endlich die Nummer unserer Eltern. Klar, er musste sie jetzt erst mal ordentlich beruhigen. Sie bekamen den Schock ihres Lebens, als Paul berichtete, was wir unternommen hatten. Aber sie machten sich direkt auf den Weg zum Oberwald. Lany musste bei der Nachbarin bleiben, was sie ziemlich blöd fand so vor dem Frühstück.

Dann alarmierte Paul die Polizei. Später erzählte er uns, dass die ihm erst nicht glauben wollten. Aber dann machten sie sich doch auf den Weg. Paul behielt unterdessen den Felseingang im Blick für den Fall, dass der Müller mit seiner Schrotflinte zu uns in die Höhle zurückkehren würde.

Davor hatten wir, ehrlich gesagt, die meiste

Angst. Wer konnte schon wissen, ob er sich nicht doch noch entscheiden würde, kurzen Prozess mit uns zu machen?

»Rauskommen wir nicht allein«, stellte Sam fest, nachdem er eine Weile die Tür untersucht hatte. Wahrscheinlich hatte der Müller sie wieder von außen verriegelt. Innen gab es nichts: kein Schlüsselloch, keinen Hebel, einfach gar nichts. Dafür entdeckten Hummel und Jo weiter hinten im Raum eine weitere Tür. Sie war genauso groß wie die erste, bestand aber aus Holz. Und sie hatte eine Klinke. Weil uns sowieso nichts anderes übrig blieb, als zu warten, bis Hilfe kam, rüttelten wir an der Holztür. Vielleicht würde sie ja nach draußen führen und wenn es durch einen langen, dunklen Gang wäre.

Bei uns im Erzgebirge gibt es richtig viele alte Stollen. Das sind Gänge, die Bergmänner in den Felsen gegraben haben, als hier noch Silber abgebaut wurde. Ich bekomme in solchen Dingern Platzangst. Mama und Papa haben uns schon in verschiedene Besucherbergwerke geschleppt und ich finde es jedes Mal eher so semiamüsant. Aber in dieser Situation wäre ich sogar durch den engsten Tunnel gekrochen, nur um dem gruseligen Müller zu entfliehen.

Hummel hatte sich ein bisschen beruhigt. Deshalb fiel ihm jetzt auch ein, dass er noch den Schlüssel aus der Kiste in der Hosentasche hatte. Zum Glück hatte der Müller scheinbar gedacht, er könnte sich den später noch von uns holen.

»Er passt!«, hauchte Hummel und drehte den Schlüssel im Schloss. Es knackte und die Tür öffnete sich.

Sofi schaltete die Taschenlampe an ihrem Handy an und leuchtete in den Raum. Geblendet kniffen wir die Augen zusammen.

Während wir fassungslos in den Raum schauten, knirschte wieder das Eingangstor.

Nahte Rettung? Oder hatte der Müller es sich anders überlegt? War ihm gerade jetzt der fehlende Schlüssel wieder eingefallen?

Wir erstarrten wie Rehe im Scheinwerferlicht. Konnten wir uns irgendwo verstecken, falls der Alte hereingestürmt kam?

Rasch schlüpften wir durch die eben geöffnete Tür und zogen sie rasch wieder hinter uns zu. Der Raum, in dem wir jetzt standen, war ziemlich groß: Goldgelbe Tafeln aus einer Art Edelstein lehnten an den Wänden und dazwischen standen zahlreiche Kisten aus Holz und Metall. Wir duckten uns zwischen die Gegenstände und lauschten den Geräuschen, die von draußen zu uns hereindrangen.

Schlurfende Schritte, wie wir sie vorhin schon gehört hatten.

Also war es doch der Müller, der den Eingang wieder geöffnet hatte. Und er wollte uns bestimmt nicht Brot und Wasser reichen! Hoffentlich hatte Paul einen guten Plan, schließlich war der Müller bewaffnet.

»Ich versuche rauszukommen«, überlegte Sam halblaut. »Vielleicht kann ich den Müller zusammen mit Paul überwältigen. Ein alter Mann mit Gewehr gegen einen von drinnen und einen von draußen …« Er schlüpfte aus dem Raum und machte mit der Hand ein Zeichen, dass wir die Tür wieder schließen sollten. Dann schlich er nach vorn.

In diesem Moment wurde mir klar, wie gern ich meinen großen Bruder hatte, obwohl er mich so oft nervte. Ihm durfte einfach nichts passieren! Mein Herz jagte in meiner Brust und ich hatte Angst, mich vor lauter Panik gleich übergeben zu müssen.

Draußen knurrte Bella. Sie war nach kurzer Zeit zu Paul zurückgekommen – ich würde gerne glauben, dass sie die Gefahr gespürt hat und uns beschützen wollte. In Wirklichkeit war es aber wahrscheinlich nur, weil sie einfach vergessen hatte, wohin sie eigentlich gehen wollte.

»Halt mir den Köter vom Leib, wenn dir dein Leben lieb ist«, kratzte die Stimme des alten Mannes.

Sam war mittlerweile bestimmt schon an der Tür angekommen. Ich konnte nicht zulassen, dass er es alleine mit dem Müller aufnehmen musste, falls es dem gelang, hier reinzukommen. Es war mir unmöglich, in meinem Versteck zu bleiben.

»Emmi!«, wollte Sofi mich zurückhalten, aber ich musste sehen, was da vor sich ging. Vorsichtig drückte ich die Tür ein Stück auf und schlüpfte hindurch.

»Pass du auf die Kleinen auf«, flüsterte ich Sofi zu, bevor ich den Spalt wieder schloss.

Während ich zum Eingang schlich, fing ich wieder an zu beten. Jetzt, wo ich es erzähle, fällt mir auf, dass ich das echt oft mache.

Während ich also den Himmel um Hilfe anflehte, polterte es an der Tür.

Sam sprang nach vorn und stellte sich in den Türrahmen. Ein Glück für uns, dass der Müller schon wirklich alt war. Sam packte seine Schultern und Paul, der das Überraschungsmoment nutzte und von hinten kam, riss ihm die Flinte aus der Hand. Er schleuderte sie, so weit er konnte, in den Wald. Bella zerrte indessen am Hosenbein des Wächters. Das Gerangel dauerte eine ganze Weile und der Müller war zäher als gedacht. Aber dann tauchten nacheinander Papa, Mama und die Polizei auf.

Der alte Mann fluchte.

»Was ist denn hier los?«, keuchte der Polizist. Er war ziemlich dick und hatte Mühe, auf dem unebenen Waldboden vorwärtszukommen.

»Diese Bälger dringen in meinen Schuppen

ein!«, behauptete der alte Müller dreist. Er war ziemlich außer Atem von dem Kampf.

Der Polizist kam dicht heran und versuchte es mit Freundlichkeit. »Jetzt beruhigen wir uns alle erst mal«, schlug er vor.

Paul und Sam ließen den alten Mann los, aber der hatte nicht vor, ruhig zu werden.

»Eine Frechheit, dass diese Bengel einfach in mein Grundstück eindringen und meine Gebäude unsicher machen!«, schrie er.

Sam kniff die Augen zusammen, sagte aber nichts.

»Ich sehe hier kein Gebäude«, bemerkte ein zweiter Beamter.

Die Stimme kam mir bekannt vor. Neugierig steckte ich den Kopf ins Freie und sah den überheblichen Polizisten von Bellas Unfall.

»Im Übrigen ist dieses Waldstück Gemeindeeigentum, kein Privatgrundstück.«

Na, diesmal hatte er aber seine Hausaufgaben gemacht! Er wurde mir jetzt beinahe sympathisch. Scheinbar war dieser Fall eher nach seinem Geschmack.

»Wo sind die anderen?«, wollte Mama jetzt wissen. Die Arme, sie war bestimmt total besorgt. Mir fiel einfach ein Stein vom Herzen, weil wir gerettet waren.

»Uns geht es gut!«, rief ich und schlüpfte nach draußen. »Hummel, Jo, Sofi – kommt raus!«

Es war so ein gutes Gefühl, wieder im Freien zu stehen. Hummel rannte sofort zu Mama und warf sich in ihre Arme. Jo blieb im Türrahmen stehen.

Der alte Müller brüllte indessen weiter: »Macht gefälligst die Tür wieder zu! Das ist meine Garage!«

Der dicke Polizist kratzte sich am Kopf. »Soso, erst ein Schuppen, jetzt eine Garage«, meinte er leicht verwirrt. »Ich frage mich, welche Art von Fahrzeug Sie in einem Felsen unterbringen.«

Mann, diese Polizeibeamten waren eigentlich ziemlich cool. Ich habe mir solche Einsätze zwar immer spektakulärer vorgestellt mit »Im Namen des Gesetzes!«, Dienstmarken und Pistolen und so, aber als ich es in echt miterlebte, war es auch ohne diesen Kram spannend genug.

Der jüngere Polizist trat an die Eingangstür im Felsen. Ich ahnte schon, dass der Müller das nicht gut finden würde. Und wirklich, er rastete vollkommen aus. Ehe sich irgendjemand versehen konnte, hob er einen Stein vom Waldboden auf und warf ihn nach dem Beamten. Das hätte er mal lieber nicht tun sollen. Zum Glück traf er den Polizisten nur am Rücken.

»Weg von meinem Schatz!«, kreischte der alte Mann und bückte sich schon nach dem nächsten Wurfgeschoss. Er wirkte inzwischen richtig verzweifelt.

»Ich nehme Sie jetzt in Gewahrsam«, beschloss der dicke Polizist und ließ Handschellen klicken. »Sie werden ja gemeingefährlich.«

Plötzlich tat der Müller mir leid. Ich weiß auch nicht. Natürlich hatte er uns bedroht, Sam verhauen und uns eingesperrt. Das war mies. Aber ich sah an seinem Gesicht, dass in diesem Moment eine Welt für ihn zusammenbrach. Wahrscheinlich hatte er sein ganzes Leben lang das Geheimnis dieser Höhle gewahrt. Und jetzt hatten wir es gelüftet. Ob die Sachen in dem hinteren Raum wirklich wertvoll waren? Oder war es einfach nur etwas, was dem alten Mann viel bedeutete?

Ein Schatz kommt selten allein

Den Rest der Geschichte könntest du eigentlich in der Zeitung nachlesen. Die Presse überrollte unser armes kleines Dorf nämlich in den Tagen nach diesem denkwürdigen Morgen. Aber weil ich dir ja alles erzählen wollte, mache ich jetzt einfach weiter. Obwohl es gar nicht mehr so schrecklich spannend ist. Denn irgendwie war es am Ende doch nicht so aufregend, einen Schatz zu heben, der mehrere Jahrzehnte lang verschollen war und um den sich zahllose Gerüchte ranken. Viel, viel aufregender finde ich es, einen Schatz anderer Art zu finden. Aber dazu später mehr.

Es war bestimmt schon sieben Uhr, als der alte Müller sicher im Polizeiauto saß und die Beamten Verstärkung angefordert hatten.

Der junge Polizist stand am Eingang des Felsens und wartete auf seinen Kollegen. »Was habt ihr da drin gefunden?«, fragte er neugierig.

Jo und ich zuckten mit den Schultern. »Keine Ahnung. Einen Raum voller gelber Glastafeln und Kisten ... «

Überrascht zuckten die Brauen des Mannes nach oben. »Gelbe Glastafeln? War der Mann Glaser, oder was?«

Jo fing an, dem Polizisten von der Kiste, dem Hakenkreuz und dem Edelsteinsymbol zu erzählen. Du glaubst nicht, wie aufmerksam der Typ plötzlich zuhören konnte! Und Jo tat so, als hätte er die Schatzsuche beinahe alleine durchgezogen. Dabei hatte er nur die Kiste im Matsch gefunden. Na ja, im Prinzip hatten wir wohl alle unseren Beitrag geleistet. Wir sind eben die Himmelweits, eine ganz besondere Familie!

»Wenn man euch so zuhört, könnte man glauben, ihr hättet das Bernsteinzimmer entdeckt«, sagte der Polizist grinsend. »Danach habe ich früher auch immer mit meinen Freunden gesucht. Aber wir haben nur Felslöcher voller Dreck gefunden. Ihr dagegen seid in die geheime Garage eines verrückten Alten eingestiegen!« Er lachte aus vollem Hals und ich fühlte mich wieder wie ein kleines dummes Mädchen. Manche Menschen können einem dieses Gefühl geben. Zum Glück brummte in diesem Moment mein Handy und ich entdeckte eine Nachricht von Luca. Augenblicklich ging es mir besser.

War mir eine Ehre, schrieb er. *Wollen wir heute was zusammen machen? Ich langweile mich so langsam bei Oma.*

Etwas Besseres hätte er wirklich nicht schreiben können. Kurzerhand rief ich ihn an und erzählte, was wir seit heute Morgen um vier Uhr dreiundzwanzig getrieben hatten. Meinen Traum erwähnte ich natürlich nicht, und wehe, du verrätst etwas! Luca meckerte ein bisschen, dass wir ihn nicht mitgenommen hatten. Dabei hätte ich das so gern gemacht! Jedenfalls setzte Luca sich gleich auf sein Rad und kam in den Oberwald gefahren. Ungefähr zeitgleich mit ihm traf ein weiterer Polizeiwagen ein und die Beamten konnten endlich in die Höhle gehen. Anscheinend war es so eine wichtige Polizeiregel, dass das nicht einer allein machen durfte. Wir Kinder mussten auch draußen warten, obwohl wir doch schließlich schon drin gewesen waren!

Es dauerte eine ganze Weile, bis sich wieder jemand von den Einsatzkräften sehen ließ. Wir hörten sie in der Höhle reden, verstanden aber kein Wort. Mama und Papa, Paul und Sofi starrten die ganze Zeit in den Eingang. Ich setzte mich mit Luca auf einen Baumstamm und erzählte ihm alles noch mal ganz genau. Er war ziemlich beeindruckt.

Endlich kamen die Männer wieder aus dem Felsen und sie sahen extrem begeistert aus. Ehrlich, ihre Augen sprühten geradezu vor Aufregung. Ich hatte ja nie daran gezweifelt, dass dieses Versteck mehr war als nur die Garage eines durchgeknallten Mannes. Aber auf eine so große Sensation war ich trotzdem nicht vorbereitet gewesen.

Der Schatz in der Höhle war nichts Geringeres als das Bernsteinzimmer, ein Geschenk des ersten Preußenkönigs Friedrich des Ersten an den russischen Zaren Peter den Großen. Ich hatte auch noch nie etwas davon gehört, aber hier sind die Fakten: Es handelt sich um eine riesige Menge Wandpaneele und Einrichtungszeugs aus Bernstein. Es wurde 1716 an den Zaren verschenkt und ungefähr zweihundert Jahre später zurückgeraubt. Dann verschwand es, und zwar im Jahre 1945. Genau, das ist das Jahr, in dem an der Mühle die Schüsse fielen. Ich bin ja nicht so der Geschichtsfreak, aber diese Jahreszahl werde ich mir wohl für immer merken.

Jedenfalls machten alle einen Megazirkus um die Entdeckung. Der alte Müller wurde ganz schön in die Mangel genommen. Zum Glück schafften Mama und Papa es, uns Kinder ziemlich gut aus dem Trubel herauszuhalten. Der Nachteil davon ist, dass die Reporter ziemlich viel Quatsch schrieben. Aber das interessiert bald sowieso keinen mehr, oder? Und du weißt jetzt, was wirklich passiert ist.

Die Party, die wir für den Tag geplant hatten, an dem die Schatzsuche stattfand, musste leider ausfallen. Es war einfach unmöglich, eine Gartenparty zu feiern, wenn sich unter die geladenen Gäste ständig Reporter zu mischen versuchten. Also bauten unsere Eltern im Hof ein Büfett auf, an dem sich Forscher, Presseleute, Neugierige (also das gesamte Dorf), Polizisten und sonst wer bedienen durften, bis auch das letzte Krümel verzehrt war.

Sam, Jo und Hummel hatten jede Menge Spaß daran, den Journalisten die Geschichte eine Million Mal zu erzählen und mit jedem Mal ein bisschen mehr auszuschmücken. Sofi verschanzte sich mit Paul in ihrem Zimmer (was sie dort den ganzen Tag machten, will ich lieber gar nicht wissen). Lany wuselte mit Bella zwischen den Menschen herum und verbreitete gute Laune. Und ich? Ich holte mein Fahrrad aus der Scheune und radelte mit Luca zum Winterteich. Dort setzten wir uns am Waldrand ins Gras, ließen uns die Sonne ins Gesicht scheinen und stopften uns mit den Muffins voll, die ich vom Büfett gerettet hatte. Ich gestand Luca, dass ich ihn wegen der Rechtschreibung auf dem Petitionszettel angelogen hatte. Danach ging es mir viel besser. Luca wurde nämlich gar nicht sauer, sondern meinte nur, dass ihm solche »Notlügen« auch schon passiert seien. Wir versprachen uns gegenseitig, dass wir von jetzt an zu hundert Prozent ehrlich zueinander sein wollten. Und dann schnappten wir uns jeder einen

Müllsack, eine Greifzange und Gummihandschuhe (die hatten wir extra mitgebracht) und fingen an, das Zeug aufzusammeln, was überall herumlag. Am Ende des Tages schwammen nur noch ein paar einsame Flaschen auf dem Wasser, die wir mit unseren Stöcken vom Ufer aus nicht erreicht hatten.

Ich war ziemlich müde an diesem Abend, aber auch so glücklich wie noch nie in meinem Leben. Denn wir Geschwister Himmelweit hatten in den letzten Tagen (und Nächten) nicht nur illegale Müllablagerungen aufgeklärt (das Gemeindeamt kümmert sich jetzt auch endlich um die Sache), einen Schatz aus Bernstein gefunden und unseren ganz persönlichen Beitrag zum Umweltschutz geleistet. Wir hatten auch gemerkt, dass wir uns aufeinander verlassen konnten.

Aber das Allerbeste ist, dass Luca jetzt nicht mehr nur mein Hofpausentraumprinz ist. Spätestens seit diesem Tag ist er mein Kumpel der Extraklasse mit dem Potenzial zum besten Freund. Und ich bin mir ganz sicher, dass es gar nicht mehr so lange dauert, bis wir es zum Pärchenstatus schaffen. Denn neben all meinem neuen Wissen über Geschichte und Umweltschutz habe ich noch eine neue Theorie entwickelt, und die lautet:

Ein Schatz kommt selten allein.

Epilog

Die Geschichte von Emmi und der Familie Himmelweit ist natürlich frei erfunden – aber das Problem der Umweltverschmutzung ist es nicht.

Bestimmt ist dir selbst schon aufgefallen, wie viele Sachen im Supermarkt in Plastik verpackt sind. Wenn du dagegen etwas unternehmen willst, dann achte doch beim Einkaufen mal darauf, dass ihr möglichst unverpackte Sachen mitnehmt.

Auch das mit der digitalen Petition ist wirklich möglich. Im Internet finden sich viele verschiedene solcher Unterschriftensammlungen, zum Beispiel auf der Webseite change.org.

Deine Eltern helfen dir bestimmt, dich darüber zu informieren.

Und was hat es mit dem Bernsteinzimmer auf sich?

Dabei handelt es sich tatsächlich um einen wertvollen Schatz, der seit 1945 verschwunden ist. Es wurde schon an vielen Orten vermutet und gesucht, aber bis heute nicht gefunden.

Eine vermeintlich »heiße Spur« führte ins Grenzgebiet zwischen Deutschland und Tschechien, nach Deutschneudorf. Dort wurde ein altes Bergwerk erforscht, in dem man das Bernsteinzimmer vermutete. Obwohl auch dort die Suche nicht erfolgreich war, gibt es nun an dieser Stelle ein spannendes Besucherbergwerk. Hier kannst du ganz viel über das Bernsteinzimmer erfahren.

Fortuna Bernstein GmbH
Deutschkatharinenberg 14
09548 Deutschneudorf
Deutschland

Kontaktdaten:
Tel: +49 (0)37368 12942
Fax: +49 (0)37368 12943
E-Mail: info@fortuna-bernstein.de

https://www.fortuna-bernstein-deutschneudorf.de/

Unsere Abenteuerreihe von Stefanie Kloft

Die Windvögel – Das geheimnisvolle Leuchten
ISBN 978-3-96362-239-7
214 Seiten, gebunden

Große Enttäuschung für Ella und Hannes: Statt nach Ägypten geht's nach Österreich. Aus der Notlösung wird jedoch ein Abenteuer mit coolen Erlebnissen auf einem reißenden Fluss und unter dem Sternenhimmel. Doch woher kommen diese Leuchtsignale in den Bergen?

Die Windvögel – Sturm über Berlin
ISBN 978-3-96362-269-4
192 Seiten, gebunden

Ein aufziehender Sturm stürzt die Stadt ins Chaos. Ehe sie sich's versehen, stecken die Windvögel bis zum Hals in Schwierigkeiten. Und dann ist da noch dieser unheimliche Mann im blau-weißen Trainingsanzug, der überall aufzutauchen scheint …

Die Windvögel – Der verbotene Wald
ISBN 978-3-96362-303-5
224 Seiten, gebunden

Ella und Hannes freuen sich auf ein entspanntes Campingwochenende mit ihren Eltern in Brandenburg, doch als der freche Johnny Hannes den Wald zeigen will, den sie eigentlich gar nicht betreten dürfen, passiert ein Unglück und ein gefährlicher Wettlauf gegen die Zeit beginnt …